その手帳は
丁寧で読みやすい
オースティン語で書かれた、
日記だった。
時間が経ち変色した写真が、
大切そうに何枚も
折りたたまれていて。
どくん、と胸の鼓動が
高鳴ったのが分かった。
この中には、
戦場を駆け抜けた
誰かの軌跡が
記されているに違いない。

「この丘陵地帯を占領する。
俺に続けえっ!!」
怒号と
断末魔の叫びが飛び交い、
糞尿と腐肉の異臭が漂う中、
ビチャビチャと何かよく分からない
水っぽいモノを踏みつけて。
この日、初めて戦争に参加した自分は、
誰かの体液と脂でベトベトになりながら、
敵の領地だった丘を駆け上がりました。

「おら小娘！ボーッとすんな、突っ込むぞ！」
「え、あ、はい」
小隊長――――、
前世の自分と殆ど歳も変わらない若い男が、
襲い掛かってきた兵士を突き殺しました。
そして周囲に号令して、
勇猛に敵の領域へと踏み込んでいきます。
ガーバック
トウリ

TS衛生兵さんの戦場日記

III

まさきたま

[Illustrator] クレタ

TENTS

[Illustration] クレタ

CON

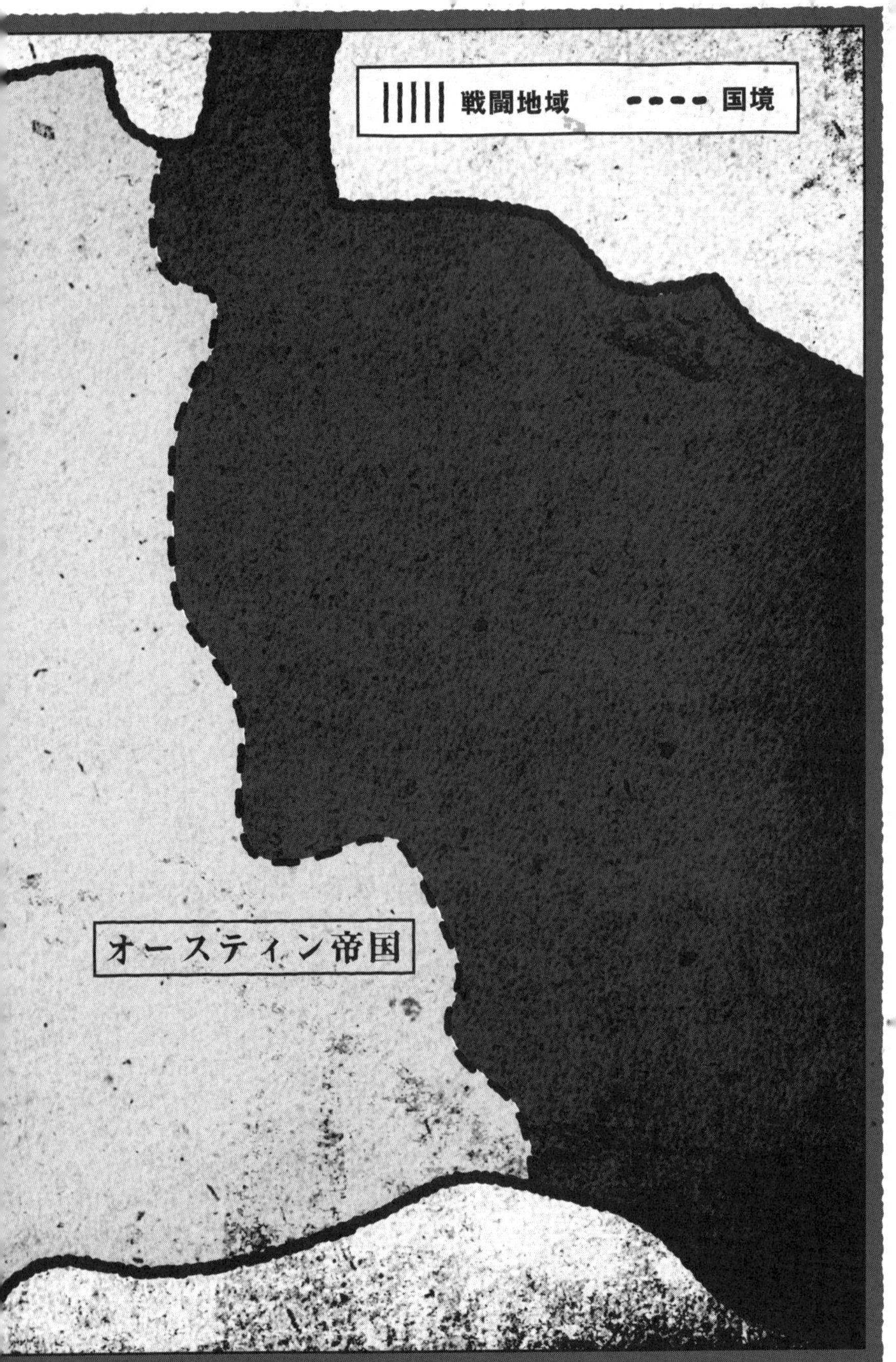

戦闘地域
国境
オースティン帝国

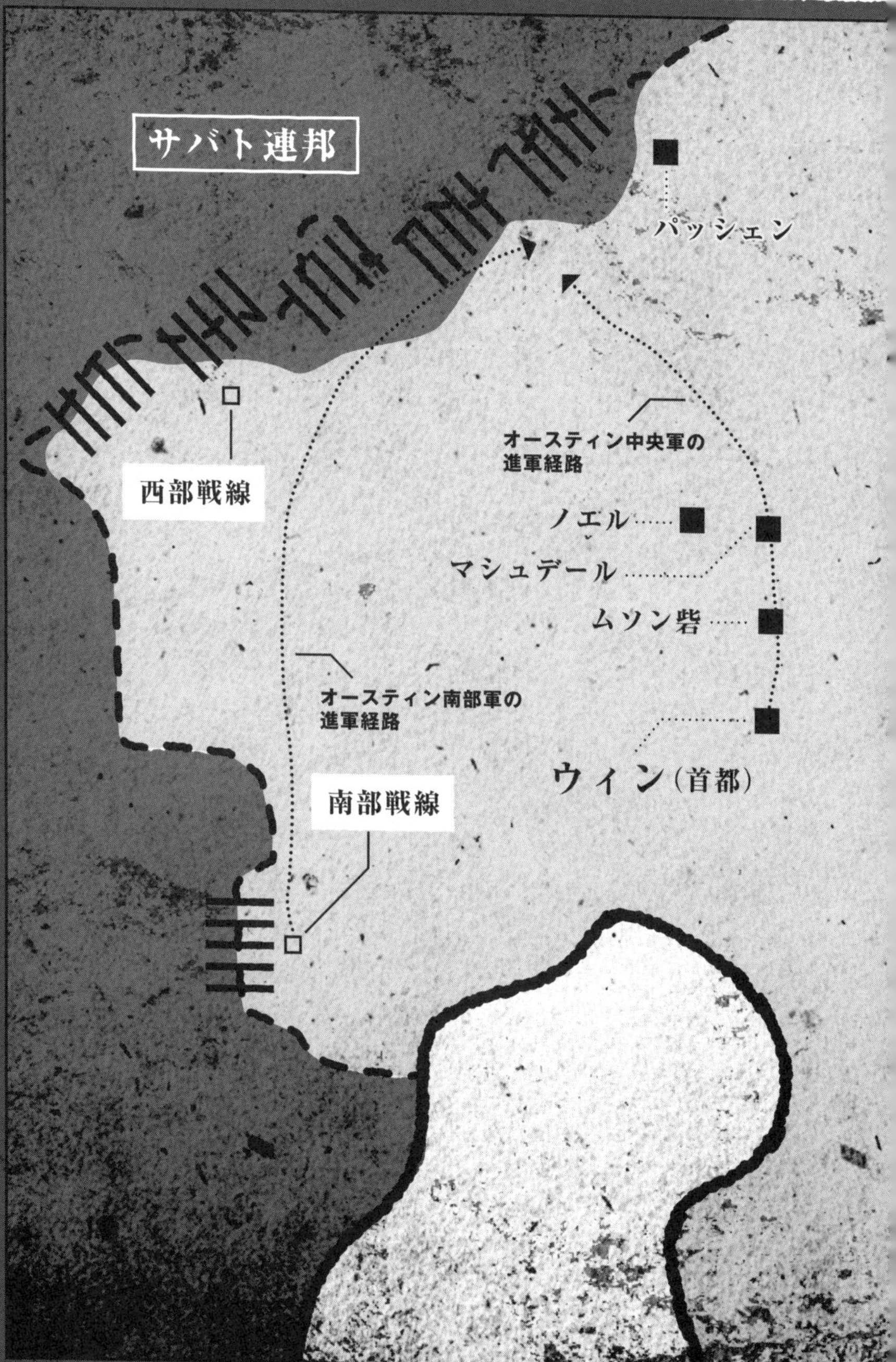
サバト連邦
パッシェン
西部戦線
オースティン中央軍の
進軍経路
ノエル
マシュデール
ムソン砦
オースティン南部軍の
進軍経路
ウィン（首都）
南部戦線

一九三八年　夏　15

TSMedic's Battlefield Diary

ああ、憂鬱《ゆううつ》だ。

私は始発列車を乗り継いで、首都ウィンへと戻ってきた。

長期休暇は終わったというのに、体調不良で三日も出社できなかった。

今から部長の皮肉が聞こえてくるような気がして、気が重かった。

「出社です。タイムカードを」

「こんな時間に出社？　良いご身分ね」

私が出社して、タイムカードを渡せたのは午後三時だった。

遅刻どころではない重役出勤に、受付嬢の目は冷ややかだかった。

「そう冷たくしないでくれ、体調不良だったんだ。君《きみ》だって風邪《かぜ》くらいひくだろう」

「おあいにくさま、私は皆勤賞。体調管理ができない男ってキライだわ」

「手酷《てひど》いね」

彼女はそう言って、そっけなく私にタイムカードをつき返した。

『ウィン・マンスリーハート出版社』。オースティン国内で月刊誌を発行している出版社の一つだ。

ウィン・マンスリーハート誌は、大衆芸能から政治経済まで様々《さまざま》なジャンルを扱う総合誌である。

私はこの出版社で、政治部の記者見習いをやっていた。

まだ、記事を書かせてもらったことは無い。

社内の雑用をこなし、上司の指示で情報を集めてまわる、下働きだ。

「……セドル・ウェーバー。出勤しました」

「おう、来やがったか。無断欠勤で伸ばした休暇は楽しかったか、セドル？」

席に着くと、部長が待っていましたとばかりに記事の束を私の机に積んだ。

「誤字チェック、今日の分だ」

「承知しました」

「明日は取材でパッシェンに飛んでもらう。お前にしばらく、休暇はないものと思え」

渡された大量の仕事を前に、気が滅入《めい》ってしまいそうになる。

トウリ氏からの電報について調べるのは、当面先になりそうだ。

だが、こんな時間の出社になったのは自業自得。

私は諦めて、目の前の記事の山に向かい合った。

「ったく、最悪なタイミングで風邪ひきやがって。猫の手も借りたいってのに」

「何かあったんですか」

「渡した記事を読め、ソコに全部書いてる」

私は部長に促《うなが》されるがまま、渡された記事の校正に入った。

記事校正とは、記事中のスペルミスなど誤字脱字を探し修正する業務だ。

私は促されるまま、渡された記事を読んだ。

その記事の書き出しは『オースティン首相、地方都市パッシェンで美女と密会か』だった。

「密会……？　それがどうしたんです、男ならそういう事もあるでしょう」

「バカ、首相は既婚者だぞ。立派なスキャンダルだ」

「はぁ」

「まだどの競合誌も摑《つか》んでないネタだ。俺たちですっぱ抜くぞ」

私は困惑しながらも、記事本文を読み進めていった。

まだ記事のほとんどが未確定情報だが、艶《なま》めかしい美女がオースティン首相と腕を組んでいたのだという。

「証拠を押さえれば、バカ売れ間違いなしだ」

「はあ」

「明日一番にパッシェンに飛んで、裏を取れ。それがお前の仕事だ」

「とは言うものの、どうやってですか？」

「首相が利用したホテルの職員を買収しろ。パッシェンにでかいホテルは多くない、総当たりで探せ」

部長はそう言いながら、タイプライターのキーボードを打ち続けた。

余程忙しかったのか、手の甲にインクがついたままだ。

「取材は、私一人で行くのですか？」

「人手が足りん。お前も入社して一年は経《た》つんだ、そろそろ独《ひと》り立《だ》ちしてみせろ」

「は、はい」

「期待してるからな」

部長はピリピリした雰囲気で、キーボードを打ち続けていた。

最近ウィン・マンスリーハートの売上が落ちているので、イライラしてるらしい。

「その、買収資金は……」

「建て替えろ。ちゃんと情報を摑んできたら、払ってやる」

「……はい」


——翌朝。

私は部長の指示どおり、パッシェンへと出発した。

あまりに下らない取材内容に、私は少し辟易《へきえき》していた。

「……首相のスキャンダル、か」

首相の浮気《うわき》がトップニュースとは、平和な世界になったものだ。

戦闘で何人死んだ、何処《どこ》の都市が占領された、などが報じられていた戦時中とは大違いである。

「トウリ氏からの電報の件、調べたかったんだがな」

彼女の事も気になるが、さすがにこれ以上仕事をおろそかにできない。

下半身がだらしない首相に怨《うら》みを覚えつつ、私はパッシェンへ向かう列車に乗り込んだ。

仕事がひと段落したら、出版社で得た伝手《つて》を辿《たど》ってトウリ氏の事を調べよう。

「……パッシェン到着まで半日、か」

……ガタゴトと揺れる車内で、私は彼女の戦場日記をゆっくりと開いた。

パリッという乾いた音がして、ページの切れ端が崩れるように零《こぼ》れ落《お》ちる。

そこにはトウリ・ノエルが、明るい表情の少女に肩を組まれ映っている写真が糊付《のりづ》けされていた。

首都ウィン 3

TSMedic's Battlefield Diary

【九月二十三日　昼】

「良ければ明日、自分とデートしませんか」

自分はゴムージから貰《もら》った劇場のチケットを手に、ロドリー君を誘いました。

「……」

「どうでしょう」

別に他意があって、ロドリー君を誘った訳ではありません。

単に、他に誘う人がいなかっただけです。

アレンさんは実家に帰るそうですし、ヴェルディさんはまだ入院中です。

マシュデールで一緒に働いた医療本部の人たちとは、連絡が取れません。

今の自分が劇場に誘える知人は、ロドリー君だけなのです。

「んー、まァ良いぞ。劇場かぁ、そこに行くんだな？」

「ええ、営業してたらですけど」

ロドリー君にも予定はなかったようで、二つ返事で了解をいただけました。

「おいおいお前ら。こんな非常時にデートとはお熱いねぇ」

彼に照れた様子はなく、アレンさんの冷やかしにも面倒くさそうな顔を返すのみです。

「デートってもなぁ、アレンさん。相手がトウリだしなぁ」

「おや、ご不満ですか」

「いや、その。んー、まぁ確かにデートかァ」

ロドリー君は、自分に対し言葉を選んでいるようでした。

彼は年上がお好きらしいので（アレンさん情報）、自分は対象外なのでしょう。

だからこそ気兼《きが》ねなく誘えます。妙《みょう》な期待をされないのは気楽でいいです。

「おいおい、女の子に誘われてその反応は失礼だろロドリー」

「いえ、ただトウリは、アレなんスよ。俺ン妹に、もうビックリするほど似ていて」

「妹さんですか」

「そう。見た目はトウリにあんま似てないンですが、雰囲気とか口調とか生き写しレベルでそっくりなんで。だから、こう、こいつと話してると妹を相手にしてる感じになってきてなァ」

彼の話を聞いて、なるほどと思いました。道理でロドリー君と話しやすいと思いました。

彼は、自分みたいなタイプを相手するのに慣れていたんですね。

「ロドリー君は、妹さんに何て呼ばれていたのですか？」

「ロド兄さん、だった。まぁ可愛《かわい》いヤツなんだが、同時に執念深かったり小うるさかったり」

「なるほど。ねぇロド兄さん、貴方《あなた》の妹はこんな感じですか」

「やめろ。マジでやめろ、本当に似てるから」

これは面白いことを聞きました。ロドリー君をからかう良いネタにできそうです。

「因《ちな》みにいくつなんだ、その妹さん」

「今年で十二歳くらいだった、と思います」

「なら、三年だな」

そんなしょうもないことを考えていたら、アレンさんはふと真面目《まじめ》な顔になって、

「三年って、何がでしょうか」

「もう、国は男女問わず徴兵《ちょうへい》・動員していく構えらしい。さすがに歩兵は男で固めるらしいが、工場には女でもドンドン強制就労させられるらしいし、衛生兵や看護兵、通信兵みたいな裏方にも女性兵士の採用が増えるだろう」

「……」

「十五歳から徴兵だ。妹を守るためにゃ、あと三年以内に戦争を終わらせないとな。ロドリー」

「……そうッスね」

そう、呟《つぶや》くように言いました。


【九月二十三日　夕方】

「ロドリー君。明日のデートに備えて、これから買い物にでも行きませんか」

「備えて、って何を備えるんだ」

「今日のうちに今後の任務に必要な実用品を購入して明日に備えるのです。ぜひ、予備の

衣類や雨具などは手に入れておきたいですね」

アレンさんと別れた後。

自分はロドリー君と、買い出しに出かけることにしました。

「大荷物を抱えてデートするのは嫌でしょう。身軽に散策したいじゃないですか」

「確かにな、じゃあ行くか」

せっかくの首都です。

持ち運びできる荷物には限りがありますが、それでも今のうちに入手できるものはしておきたいです。

「この買い物は、デートじゃねぇの？」

「まぁその辺は言葉遊びなので、深く考えないでいいです。戦友に『最後の休日、何をしてたか』と訊かれた際、『デート』と答えられたら素敵でしょう？」

「あー……」

因みにデートという言葉を使った事に、深い意味はありません。

その方が戦友に自慢できるから、くらいの話です。

「因みにロドリー君。女性とデートのご経験は？」

「……まぁ、お前に見栄張る必要もねェか。ねェよ」

「そうですか。それではしっかり経験を積んでくださいね」

「うーむ。妹を遊びに連れてったことは何度かあるし、ソレと同じ雰囲気になりそうな気がしなくもないが」

まぁ、自分もそうなると思います。

間違えても色っぽい雰囲気にはならんでしょう。

「ま、何でもいいです。どうせなら楽しい思い出を作りましょう」

「そォだな」

それはそれで構いません。

……次の任務も、生きて帰ってこられる保証はないのです。

ならせめて生きているうちに、一秒でも多く幸せな時間を作っておきたい。

それが、このデートの目的でした。


「あ、これ。ガーバック小隊長が好きだった酒じゃねェか？」

「本当ですね」

この日は、それなりの数の店が営業を再開していました。

何処《どこ》から聞きつけたのか、軍人が街で豪遊するという噂《うわさ》が出回ってたようです。

自分たちが立ち寄った石造りの酒店も、そのひとつでした。

「お酒、飲めるんですか？　ロドリー君」

「飲めねェが、お守りになりそうと思ってな？　いざとなりゃ、中身を捨てて小便入れれるし」

「ですね」

ロドリー君はガーバック小隊長にあやかるべく、その濃いお酒を購入するようでした。

マシュデールへ撤退する時、瓶《びん》を持ってなかった歩兵は不衛生な鉄帽《てつぼう》に尿《にょう》を貯《た》めて飲んでました。

そういう意味でも、瓶は持っておいて損はないでしょう。

「店主。これ、いくらだ？」

「ゴメンネー、ちっと高いよソレ。戦時だから値段は定価の倍貰うヨ」

「うお、高ェ」

「……商魂たくましいですね」

店で提示された値段は、ちょっと目が飛び出る額でした。

元々ガーバック小隊長が好んでいた銘柄《めいがら》が高価だったのを差し引いても、なかなか高額です。

「どうします？」

「お守りに、この値段はなァ……」

どうせ大金持ってるなら毟《むし》ってやれと思われたのか、ボッタクリな値段設定の店がたくさん見受けられました。

ですが、その一方で、

「おーい、そこの軍人さんたち！　酒ならウチで買いなよ、うちは全品半額さ！」

「お？」

「命がけで戦ってくれた軍人さんに、アコギな商売はしないよ。さぁ、おいでおいで」

「コラァ！　営業妨害だヨ、商人会合に訴えるヨ！」

「うるっせぇ、ウチがどんな値段で売ろうと勝手だ！　お前こそ子供相手に、恥を知れ！」

軍人と聞くと好意的に、逆に割引してくれる店もありました。

こちらのお店はの商品は、物凄《ものすご》くお安いです。

「君《きみ》が欲しいのは、この酒だろう？　うん、オマケして割り水も付けてあげよう。かなり濃いから、慣れてないうちは割って飲めよ？」

「お、おー。ありがてェ、感謝っス」

「気にすることたぁないさ。俺は、アンタらに感謝してるんだ」

こちらの店主はロドリー君に、水入りの小瓶も渡してくれました。

自分たちのような少年兵にもアコギな商売をせず、誠実に対応してくれるなんて良い人です。

「さっきから良い加減にしろヨ！　客を奪うのはマナー違反だロ！」

「軍人さん相手にぼったくる方がマナー違反だ！」

「お前さん店を引き払うから、在庫処分してるだけだロ！　自分だけいい顔しやがってテ！」

口論中の店主に一礼して、買物をすませた自分たちは店を後にしました。

再び通りに出たら、先程まで閉まっていた店も徐々に開き始めていしました。

この様子だと、明日の劇場公演も期待できますね。

ゴムージのチケットが無駄にならなそうで良かったです。

「前みたいに遭難した時に備え、保存食も買っておこう」

「ロドリー君、それならアレが良さそうですよ」

「乾パンか」

その後、自分たちは数時間ほど買い物を続けました。

兵士が街で買い物できる機会なんて滅多にありません。

「缶詰めされてるので、保存も利きますね。これで遭難しても、栄養は確保できます」

「おチビ、服屋で妙にいろいろ買ってたけど、そんなに使うのか？」

「ええ、任務中にどうしようもない時があるんです。下着が血で汚れて破棄《はき》せざるを得ない時とか」

「あ、すまん」

一日かけて買い物を楽しんでいたら、いつの間にやら夕方に差し掛かっていました。

チラホラと商店街に、店じまいが始まっています。そろそろ、お開きですかね。

「……お、玩具《おもちゃ》屋も開いていたのか。最後に寄ってみようぜ」

「はい、分かりました」

ロドリー君は最後に、玩具屋を覗《のぞ》こうと言い出しました。

どうやら、

「せっかくだし、首都の良いモンを弟妹に送ってやろう」

「良いと思いますよ」

ロドリー君は家族に対する、贈り物を買うつもりのようです。

今日明日で使い切れなかったお金と一緒に、家族へ送るのだとか。

自分も、孤児院が焼かれていなければ何かしらを買って送っていたかもしれません。


「ふゥん、いろいろあるんだな」

店に入ると、所狭《ところせま》しと子供が喜びそうな玩具が並んでいました。

その店は総合雑貨店のようで、玩具だけではなく楽器や絵具《えのぐ》など、割と幅広いジャンルのモノが並べられていました。

「……お、木彫り銃があるな。ウチの弟は、好きそうだ」

「玩具とはいえ、鉄砲を贈るのはどうなんです？　縁起が悪くないですか」

「まぁ、そうかァ」

ロドリー君は玩具の小銃を手に取って、うーむと唸《うな》りました。

確かに喜びそうですが、自分は子供に銃なんてものを喜んでほしくないです。

「妹さんに、人形とかどうですか」

「人形なァ、俺は人形の何が良いとか分らんのよな」

「自分が選んであげましょう」

「ああ、じゃあ頼む」

自分は彼の妹に、人形を贈ることを勧めました。

この世界には娯楽が少ないので、女の子は人形で無限に遊び続けます。

首都の出来の良い人形を贈ってもらえたら、きっと喜んでくれるでしょう。

「……十二歳くらいなら、このへんでしょうか」

自分は孤児院の頃を思い出し、人気のあった人形を探しました。

やはり、動物系でしょうか。

つぶらな瞳の熊さんは、いつも取り合いになっていました。

あれはフカフカして触り心地《ごこち》も良かったので、贈るならそのへんの——

「……」

「どうした、おチビ」

自分は思わず、店先に並んでいた人形を一つ手に取りました。

それは奇妙な顔つきで笑う、狐《きつね》の人形でした。

「それが良いのか？　何か、顔が気持ち悪いが」

「ええ。この人形は多分、人気ではないでしょう」

「おいおい。じゃあ、何でそんなもんを手に取った？」

「人気が無くて、いつも残っていたので。自分はこの狐さんを、芸の練習に愛用していました」

その狐人形は、自分のお気に入りでした。

孤児院で芸の練習をする時は、いつだってこの狐人形を選んでいました。

人気の人形を独占すると白い目で見られるので、この人形しか選べなかったのです。

最初は不気味でしたが、慣れてくるとなかなか愛嬌《あいきょう》を感じ、今では一番好きな人形になっていました。

まさか、この狐人形と再会できるとは思いませんでした。

「ふーん、そっか。……おい店主、その狐はいくらだ？」

「え、ロドリー君？」

「これで足りるか」

「毎度」

自分が感傷に浸《ひた》っていたら、ロドリー君はしれっと人形の代金を店主に払いました。

自分が、何か口を挟む間もなく。

「ほらおチビ、持っとけ」

「え、あ、その」

「そんな思い入れがあるなら、良いお守りになるだろ。心の安定剤だ、大事にしろ」

そして購入した狐人形を、自分の買い物袋に放り込みました。

……ロドリー君からの、プレゼントということでしょうか。

「ありがとうございます。ロドリー君」

「気にすんな。グレー先輩ならこうしただろうからな」

「……確かに」

あの日からロドリー君は、グレー先輩の背を追っている気がします。

彼にとっての「格好《かっこ》いい男」は、きっとグレー先輩になっているのでしょう。

その証拠に、ロドリー君は「グレー先輩に似てきた」と言われる度《たび》、嬉《うれ》しそうな表情をしています。

「大切にしますね」

「あァ」

自分はロドリー君からもらった人形を手に取ると。

彼の目を見てまっすぐ、お礼を言いました。

きっと戦争が終わっても、自分はこの日をわすれることはないでしょう。

戦争という辛く悲しい殺し合いの中で得られた、束《つか》の間《ま》の平穏。

「ロドリー君、贈り物は決まりましたか？」

「そうだな、妹にもその狐人形を送ってやるか」

今日は自分やロドリー君が、年相応に遊ぶ事のできた初めての一日でした。

これが、どれだけかけがえのない事なのか、想像もつきません。

「では、今日はもう帰りましょうか。夜も遅くなってきました」

「……」

もし戦争なんてモノがなくて、平和な世界で友人としてロドリー君と出会っていたとしたら。

こんな平穏な日を、当たり前のように過ごせていたのでしょうか。

そう、夢想せずにはいられませんでした。

「あー、トウリ？　すまんが俺、ちょっと用事が」

「あ、そっか。ロドリー君は今から……」

「いや、その。グレー先輩なら、間違いなくこうするから」

なお。

買い物が終わったあと、ロドリー君とは途中で別れました。

「……男の子ですね」

「いやだって、せっかくのアレで」

どうやら彼はこの後、いかがわしいお店に行ったようです。

まぁ、貴重な休暇ですからね。許してあげましょう。

【九月二十四日　昼】

そしていよいよ、デート本番の日。

劇場に向かうと、どうやら営業を再開しているようでした。

もぎりの人にチケットを見せると、問題なく席をいただけました。


「かくして偉大なる魔導師《まどうし》イゲルはたった独《ひと》り、魔王を打倒することに成功し。意気揚々《いきようよう》と凱旋《がいせん》して、十年ぶりに自らの故郷の村に帰り着いたのであります！」

それは自分にとって、初めての演劇鑑賞でした。

劇の内容は、勇者が魔王を打ち倒すというオーソドックスな話でしたが。

決して退屈なものではなく、見るものを楽しませるような創意工夫に溢《あふ》れた舞台でした。

「イゲルを待っていたのは受け入れがたい現実でありました。おお、あちらを御覧くださ い！」

例えば、語《かた》り部《べ》さんが舞台の傍《かたわ》らで声を張り上げて、ナレーションをしていましたが。

彼の合図で効果音が鳴ったり音楽が流れたりと、演出にとても力が入っていました。

また場面が切り替わるときも、照明を切り替えて別の舞台を照らすなどの工夫がされていました。

「何とこれは、いったいどうしたことでしょうか！」

切り替わった先の舞台には、きらびやかな衣装を着た大男が膝をつき、悲嘆《ひたん》にくれていました。

　彼は悲痛な声を上げ、ピクリとも動かない村娘の前に跪《ひざまず》いていました。

「そう。ご覧のとおり世界を救ったイゲルの故郷は、凍り付いて滅んでいたのです。彼が旅立ったその翌日の風景ごと氷に閉じ込められたまま、村人は全員死んでいました」

「……」

「果たして何が起きていたのか。時は戻って、イゲルが魔王を打ち倒さんと旅に出た次の日。魔王の忠実な配下であった氷の魔女は、勇者イゲルのその意を挫《くじ》かんと村を襲ったのです」

　その語り部の読み上げと共に、いかにも悪そうな顔をした長髪の女性が悠然《ゆうぜん》と舞台に上がります。

　その氷の魔女が謎の粉を振《ふ》り撒《ま》くと、舞台上の人々はピクリとも動かなくなりました。

「彼女は瞬《また》く間《ま》に、イゲルの村を凍らせて滅ぼしました。そう、イゲルが心の拠《よ》り所《どころ》にしていた故郷は、彼が生涯の愛を誓《ちか》った女性は、とっくに失われていたのです」

『おお！　マイア、マイア!!』

「イゲルが泣きすがった先には、青黒い肌になった少女の氷漬けがありました。それはいつもの日課で水を汲《く》みに、桶《おけ》を持って歩く姿のまま死んだ、自らの婚約者の遺体でした」

『君は、どうしてそんな事になっているんだ』

「イゲルは半狂乱になって、氷を砕《くだ》きます。さすれば、彼女の遺体はポロポロと崩れるように、大地へと落ちていきました」

勇者の婚約者役の女優さんは、イゲルが氷を砕く仕草に合わせ器用に体勢を崩していきました。

……おお、良い演出ですね。

『マイア、僕は君と幸せな未来を歩むために、かの悪逆の魔王を打倒したというのに！』

地面にペタンと倒れた少女を、イゲルは抱き上げて泣き叫びました。

『おおマイア、僕が帰ってくるまで待っているという君の誓いは嘘《うそ》だったのか』

そして彼は、青黒い肌の遺体を抱き締めて泣き伏します。

『こんなことならば勇者となって魔王など倒しにいかず、ただ無力な民として君の隣にいれば良かった！』

そして、彼は物言わぬ遺体となった婚約者の唇に、ゆっくりと近付いて――


「どうでしたか、ロドリー君」

「んー。最後がちょっとなぁ」

初めての演劇観賞は、想像よりずっと楽しい時間でした。

「キスをしたら婚約者が生き返るって、なんじゃそりゃ。死人ってのは生き返らねぇから死人っていうんだ」

「まぁ、そこは物語ですから」

劇の内容は、イゲルという男が魔王を倒す英雄譚《えいゆうたん》でした。

物語は素直《すなお》で分かりやすく、とても楽しめました。

「物語っても、実話をもとにしてんだろ？」

「多少は脚色もあって良いでしょう。せっかく魔王を倒したのに、婚約者が死んでエンディングとか、後味悪くないですか？」

「まぁ、そうだけどさァ」

因みに、この劇のジャンルは一応「歴史物」です。この世界には、かつて魔王や勇者が実在していたそうです。

時折忘れそうになりますが、この世界は剣と魔法のファンタジーなのです。

「多分、実際のところは……」

「勇者イゲルが帰ったら、故郷は滅んでたんだろうな。劇だからハッピーエンドに改変しただけで」

「……報われない話ですね」

ロドリー君も、なんだかんだ劇を楽しんでくれたようです。

魔王と勇者が一騎打ちする場面では、舞台を見つめ目を輝かせていました。

珍しく、彼が年相応の男の子っぽく見えた気がします。

「そうとも限らないよ、小さなお客さんたち」

「……おや？」

そんな感じに劇の感想で盛り上がっていた、自分たちに話しかけてくる声がありました。

それは、

「貴方《あなた》は……」

「どうも。私は当劇場で役者を務めている、アルノマと言う者だ」

「ど、どうも」

なんと先ほどまで舞台に立っていた、勇者イゲル役の役者さんでした。


出口に舞台俳優さんが出てきて驚きましたが、どうやらこの劇場では終演後の客出しで俳優が挨拶するのが当たり前みたいです。

見れば勇者役の人以外も、チラホラと舞台俳優さんが客と歓談していました。

「今日は、私たちの劇を見に来てくれてありがとう」

アルノマさんは近くで見ても、整った顔立ちの美丈夫でした。

年は……ガーバック小隊長より年上でしょうか？　三十代くらいに見えました。

「サービスだ、私の好物を分けてあげよう」

彼は自分たちに、ポケットから小さな飴玉《あめだま》を手渡してくださいました。

お礼を言って受け取ると、微笑《ほほえ》みを返してくれました。

「今回の話はどうだったかな、お客さん」

「とても素晴らしいものだったと思います。楽しい時間を過ごせました」

「それは上々。そっちの君はどうだい？」

「あー。いえ、良かった、です。ハイ」

役者本人に向かっては文句を言えなかったのか、ロドリー君はバツが悪そうに答えました。

最後のオチがどうたら、という勇気はなかったようです。

「おや、君はあのオチが気に入ってないんじゃないのかい？」

「あー、いや……」

まぁ彼の文句は、アルノマさんにしっかり聞かれていましたけど。

というか恐らく、話を聞かれていたから話しかけられたのだと思います。

「実はあの展開は、脚色ではないんだ。伝承でもちゃんとイゲルの恋人は蘇《よみがえ》って、彼と添い遂げたそうだよ」

「そうなんですか？」

「かつてイゲルの時代には、『口づけを介した回復魔法』が存在したそうだ。口づけには、回復魔法を高める効果があるんだってさ」

「……」

「勇者ほどの魔力があるならば、口づけで氷漬けの恋人を復活させるくらいワケがなかったんだよ」

「……えー」

え、そうなの？　といった目でロドリー君が自分を見ていますが……。少なくとも自分は、そんな話を聞いたことがありません。

本当に口づけで回復魔法の効果が上がるなら、衛生部はキス魔だらけになっていると思います。

少なくとも野戦病院の衛生兵たちは、男女問わずキスしまくっていたでしょう。

「どうだい、伝説を信じる気になったかい？」

「アルノマさん、うちの衛生兵が胡散臭《うさんくさ》い目をしてるんだが」

「む、衛生兵……？」

まぁ、でも創作で「キスが神聖な効果を持つ」というのは王道なのでしょうね。

不衛生で感染のリスクになりえるので、実際に試す気はないですけど。

「え、まさか。君たちは兵士なのかい？　そんな年で？」

「ああ、俺たちは西部戦線帰りの敗残兵だ。今日は、人生最後の休暇らしいぜェ」

「……そっか。だから、君たちのような歳の子がウチの劇場のチケットを買えたんだね」

アルノマさんは、自分たちが兵士だとは思わなかったようです。

ロドリー君はタンクトップに軍用ズボンというラフな格好《かっこ》ですし、自分は露店《ろてん》で買ったワンピース姿でした。

この姿では、兵士に見えないでしょうね。

「……君たちは、どうして戦おうとするんだ。死ぬのは怖くないのかい」

「怖くないワケねぇだろ」

「じゃあ、どうして逃げ出さないんだ？」

「どうしてって、そりゃあサバトの連中が憎《にく》いし。……んー、それと、そうだな。色んな人から色んなモンを、受け継いじまったからかなァ？」

ロドリー君は、難しい顔をしてそう言いました。

昔、彼に戦う理由を訊いた時は『敵が憎いから』としか言わなかったのですが。

「いまさら戦友を置いて逃げられねぇって、そんな気持ちも強ぇなァ」

いつの間にか、彼の戦う理由も変化しつつあるようです。

きっと、それはロドリー君にとっての成長なのでしょう。

「もともと自分は、生まれ育った孤児院に仕送りするために軍に志願しました。ですが今はロドリー君と同じく、戦友を置いて逃げられないという気持ちが強いです」

「……」

「自分は衛生兵なので、ロドリー君ほど危険な場所にはいきませんし。自分がいることで誰かを救えたら、とても素敵ではないでしょうか」

自分が逃げ出さない理由はもっとシンプルです。

戦友を置いていけないのは勿論《もちろん》のことですが、身寄りのない小娘が兵士を辞めたとて、安全に暮らせる保障なんてありません。

下手《へた》したら人攫《ひとさら》いに売り飛ばされる可能性もあります。

「それに、ロドリー君はすぐ無茶をしますから。衛生兵は一人でも多くいた方が良いでしょう?」

「あ? 俺がヘマなんぞするかよ」

それに今自分がこの世で最も守りたいのは、このロドリー君やアレンさん、ヴェルディさんといった軍で知り合った方々です。

そんな方たちを捨ててまで逃げる価値がある場所を、自分は知りません。

「……そっか。貴重な話を聞かせてくれてありがとう、勇敢《ゆうかん》なお客さん」

「おお、これで満足か?」

「ああ。君たちと出会えて良かった」

アルノマ氏は、そんな自分たちを見て何ともいえぬ顔をしていました。

……もしかして、何かを悩んでいたのでしょうか。

「じゃあな、アルノマさん。また劇を見に来ることがあったら、話しかけに行くわ」

「そうですね。また次も、楽しい劇を見せてくださいね」

「……ああ。最高の舞台を用意して待っていよう」

そして、彼の悩みは自分たちの話を聞いて、解消されたようで。

アルノマ氏はどこか、晴れ晴れとした笑顔をしていました。

「それでは、また」

そんな何気ない再会の約束をして、自分とロドリー君はアルノマさんの元を離れました。

【九月二十四日　夕方】

劇を見終わった頃には、すでに空は赤く染まり始めていました。

昼から約半日ほど、自分たちは劇場で過ごしていたことになります。

「結構時間を使ってしまいましたね。貴重な休暇を、自分に付き合っていただいてありがとうございました」

「いや、良い息抜きになったよおチビ。前線に張り付いてるときに、仲間と話すネタになるらァ」

「ゴムージに感謝ですね」

「アイツにはあんま感謝したくねぇなぁ」

暮れゆく空を見上げ、ついにこの幸せな時間が終わるのだと実感しました。

昨日と今日は、本当に楽しい日でした。戦争に駆り出されてから、こんなにまともに遊んだのは初めてです。

「明日から、また軍務か」

「何か、やり残したことは無いですか？」

「……いや」

これで、つかの間の休息は終わり。

明日から、自分たちはまた兵士に戻ります。

「この町には、もうねェ」

「そうですか」

「サバトの悪鬼《あっき》どもを追いかけて戦友たちの仇《かたき》を取る。それが、今の俺のやり残したことだ」

きっと、これからも辛く苦しいことがたくさんあるでしょう。

戦争になんか参加するんじゃなかった、恥も外聞も捨てて逃げだせばよかったと、そう考える日が来るかもしれません。

ですが、

「ガーバック小隊長は死んだ。俺たちは、きっと別々の部隊になるだろう」

「ええ、そうなるでしょうね」

「おチビ、死ぬなよ。お前みたいな弱っちいのを守ってくれた人はもういない」

自分を戦友として扱って、共に戦ってくれる人がいる限り。

自分はきっと、この地獄から逃げ出したりしないでしょう。

「だったらロドリー君、敵を自分たちのいる場所まで攻め込ませないでくださいね」

「それは任せとけ。俺の仕事だ」

一人でも多くの味方を助け、オースティンの平和を取り戻す。

それが、今の自分の使命なのです。

【九月二十五日　朝】

「アレン小隊所属、ロドリー上等歩兵」

「おお」

朝になると士官学校の講堂の入り口に、兵士の所属先が張り出されました。

そして各員は所属の小隊に集合し、報告するように指示されました。

「元々の編成を崩さないよう、部隊を再編してるっぽいな。旧ガーバック小隊のメンツは、俺の小隊に固まってら」

「お、そりゃ助かる」

張り出しを見ると、ロドリー君はアレンさんの小隊に編入されたようです。

そしてアレンさんは軍曹に、ロドリー君は上等歩兵に階級がアップしていました。

しかも、

「……あとのメンツは、顔も知らねぇ新兵が五人。こりゃ、ロドリーが分隊長になるな」

「おお、大出世ですねロドリー君」

「マジか」

ロドリー君はどうやら、分隊長になるっぽいです。

彼のような若手ですら、今やオースティンにとっては貴重なベテラン扱いなのです。

大丈夫でしょうか、オースティン軍。

「……自分の名前は、アレン小隊にはありませんか」

「そりゃあそうだろ。トウリを付けられるようなエースでは無いからな、俺ぁ」

当たり前ですが、自分の名前はアレン小隊にはありませんでした。

恐らく、今度こそ正規の衛生部に所属となったのでしょう。

突撃小隊所属の衛生兵なんてファンキーな業務をしなくて良いと思うと、安堵《あんど》します。

「見た感じ歩兵しか張り出されてないな。トウリの所属はまだ決まってないんじゃないか？」

「まぁどうせ衛生部だろおチビは。もし、何か怪我《けが》した時は頼むぜ」

「ええ、お任せください」

ただ気になるのは、ここには自分しか衛生兵がいないことです。

衛生兵は貴重です。恐らく一週間やそこらで、衛生部を再編成できるとは思えません。

さすがに「一人でやれ」と言われることはないでしょうが……。果たしてどうなるのでしょうか。

「トウリ・ノエル！　トウリ・ノエルはいるか！」

「あ、はい、ここにおります！」

「ようし、こっちにこい。任を言い渡す」

とか言っている間に、自分はレンヴェル少佐から呼び出されました。

とうとう、自分の新しい所属を指示されるようです。

「お、行ってこい、おチビ」

「では、また」

こうして自分はアレンさんたちに別れを告げ、

「ああ、またな」

新たなる部隊で、共に命を預けあう仲間と出会うことになったのです。


「えー、トウリ・ノエル一等衛生兵。貴殿のマシュデールでの功績を鑑《かんが》み、衛生兵長への昇格を言い渡す」

「ありがとうございます」

そこでレンヴェル少佐から、衛生兵長への昇進を告げられました。

歩兵でいうところの、兵長の位です。ロドリー君より、階級が少し上ですね。

「そして、貴様《きさま》の所属は衛生部だ、トウリ衛生兵長」

「はい、少佐殿」

「衛生部はタクマ氏を中心に、マシュデール撤退戦を経験した癒者《ヒーラー》たちを招集している。恐らく始動するには数ヶ月かかる見通しだ」

「数ヶ月、ですか」

「ああ。医療資源の確保や看護兵の手配など、やることが多すぎるらしい。中央の衛生部が壊滅《かいめつ》した今、すぐさま動くのは難しいそうだ」

やはり衛生部の再始動には、しばらく時間がかかるようです。

ある程度形が残っている歩兵部隊と違い、衛生部はほぼ全滅ですからね。

「我々は国家非常事態として緊急徴兵を行い、三ヶ月で歩兵一万人を動員させることにした。彼らの編成に合わせて、衛生部を再始動させるそうだ」

「なるほど」

「つまり衛生部も、三ヶ月後に歩兵部隊と共に前進してもらう事になる。だが、先行する我々レンヴェル軍に衛生兵がいないのはちと心細い」

「……はい、おっしゃるとおりです」

「そこで」

そこまで言うと、レンヴェル少佐は一枚の紙を自分に手渡しました。

その紙に書かれていた内容は、

「先行部隊である我々に衛生小隊を組織する」

「はい」

「喜べ、貴様も今日から小隊の長だ」

まさかの、自分への小隊編成の指示でした。

つまりトウリ衛生小隊なる、自分を指揮官とした部隊が編成されるという事です。

「小隊メンバーには、若く体力がありそうな連中を揃《そろ》えている。今日の午後に小隊メンバーが召集されるので、小隊長であるトウリ自ら健康診断を行うように」

「了解しました」

これは、かなり異例の人事でした。

見習いといって差《さ》し支《つか》えない自分を、衛生部隊のトップに据えるなど冗談ではありません。

「では、存分に腕を振るえ」

「ありがとうございます、レンヴェル少佐殿」

レンヴェル少佐には、気に入った人物をゴリ押しで徴用するという悪癖《あくへき》があるらしいですが……。

もしかすると、そういう事なのかもしれません。


【九月二十五日　夕方】

小隊長の任命を受けた後。

自分は命令どおり、街内の病院に向かいました。

そこは兵士たちの、徴兵検査が行われていた病院でした。

最初に診察室に入ってきたのは、見覚えのある若い癒者《ヒーラー》でした。

「やあリトルボス。元気な顔を見られて何よりだよ」

「お久しぶりです、ケイルさん」

「ああ、久しぶり」

徴兵検査とは、その人物が兵役に耐えうるかどうかを肉体的・精神的に審査するモノです。

自分も入隊前に、一とおり診察を受け感染症や持病の有無などを調べられました。

「マシュデール以来ですね」

「あの時は、先に逃げて申し訳なかった」

「いえ。ケイルさんは民間人ですから、当然です」

ただし医療関係者は感染症にかかるリスクが高いので、念入りに検診せねばなりません。

だから顔合わせの意味も込めて、衛生小隊メンバーは自分が入隊前診察を行う運びとなったようです。

「そのことが、悔しくてね」

「あの時、君を見捨てて逃げた事を、ずっと後悔してたんだ。大人として、情けなくて仕方なかった」

「……それは」

「もう、君を一人置いて逃げたりしないよ。僕に手伝えることがあれば、何でも言ってくれ」

「ありがとうございます。とても、心強いです」

彼の名はケイルさん。心優しくて、若く優秀な癒者《ヒーラー》です。

彼と自分は、マシュデールの前線医療本部で一緒に秘薬をキメて、一週間近く不眠不休で働き続けた仲でした。

「それで、先行部隊に志願していただいたのですね」

「ああ。先行部隊には僕みたいに若く、士気の高い志願兵の方がいいだろ？」

ケイルさんはそう言うと、「それにまぁ、良い歳した偉いセンセイたちに強行軍は無理でしょ」と言って笑いました。

彼はマシュデールで、ダウンすることなく最後まで働き続けてくれました。

聞けば彼はフットボールチームに所属しているスポーツマンだそうで、体力面のスコアは非常に優秀なのだとか。

このケイル氏ならば確かに、すぐ衛生兵として働けるでしょう。

「しかもマシュデールでの功績で、僕は一等衛生兵として編入されるそうだ」

「それは心強いです。自分もまだまだ至らぬ身ですので、いろいろと相談させてください」

「ああ、僕でよければいつでも」

自分は衛生兵として、まだ一年も働いていません。癒者《ヒーラー》としては、ケイルさんに敵うべくもない素人《しろうと》です。

外傷の処置はともかく、一般的な医療知識はこのケイルさんの方が圧倒的に上でしょう。

いざという時に相談できる、心強い味方ができてホッとしました。

「……健康に問題はなさそうですね。はい、では入隊前検診を終わります」

「うん、ありがとう」

これは恐らく、マシュデールの時と同じくお飾りのリーダーになりそうですね。

ケイルさんクラスの衛生兵が集められているなら、癒者《ヒーラー》としては自分が一番下っ端でしょう。

むしろ、自分が勉強させていただくことになりそうです。

そう考えると、気が楽になりますね。


……と、そんな甘い事を考えていたのですが。

「はい、どうも初めまして。私はラキャっていいます」

「これはどうも」

「これから、トウリ小隊長の下で頑張っていきます。よろしくお願いします」

診察室に入ってきた二人目の衛生兵は――学生服を着た、自分と同年代の女の子でした。

サラリとした黒髪の、少し眠そうな目の女性です。

「あの。ラキャさんはどこかで医学を学ばれていたのですか?」

「いえ、全く。ただ、私には回復魔法の適性があるらしくて、どうせいつかは徴兵される事になるから先行部隊に志願したらと勧められました」

「……」

ああ、どこかで聞き覚えがある話です。

ラキャさんに話を聞くと、徴兵検査の係の人に「お給料ももらえるし、後方だから安全だよ」「志願しないと、どこに飛ばされるか分からないよ」と言われ、先行部隊への志願を了承してしまったようでした。

……こういう真面目な人を騙《だま》す罠《わな》は、やめたほうが良いと思います。

「まだ何もできないけど、お役に立てることがあるならと思い志願しました。体力には自信があります、ずっと弟妹の面倒を見てたので」

「それはありがとうございます。とても頼もしいです」

ラキャさんはどうも、完全な素人のようでした。

全員がケイルさん級の衛生兵というのは、甘い夢を見すぎましたね。彼女はしばらく、戦力外でしょう。

ラキャさんが育つまで、どれくらいかかるでしょうか。

少なくとも自分は、一ヶ月ほど先輩衛生兵の足を引っ張りながらいろいろ勉強させてもらいました。

彼女が自分より優秀であれば、もう少し早く仕事を任せられるかもしれませんが……。

あまり、過度な期待はしないでおきましょう。

「はい、健康面は問題ないですね。これからよろしくお願いします、ラキャさん」

「はい、よろしくおねがいします！」

誰だって最初は素人です。

彼女が一人前になるまで、支えていかねばなりません。

ケイルさんと相談しながら、彼女の教育プランを練ることにしましょう。


そんな事を考えながら、三人目の診察相手を呼びました。

「やあ。小さなお客さん」

最後に診察室に入ってきたのは、壮年《そうねん》で筋肉質な男性でした。

その彫りの深い、整った顔立ちには見覚えがありました。

「おや、貴方は」

「また会いましたね」

彼がこの小隊で最後の衛生兵でした。

この小隊の衛生兵は、全員で四人だそうです。

自分とケイルさん、先ほどのラキャさんと、

「あー、その、どうも。勇者イゲル役の……」

「アルノマだよ」

目の前の三十代のイケメン男性……アルノマさんでした。

「驚きました、貴方も回復魔法が使えたのですね」

「あー、ごめん。適性があるって言われただけで、そのへんは軍に入ってから習ってくれと言われたんだ」

「……」

アルノマさんは、現在ウィンの劇場で公演を行っている劇団のエース俳優です。

彼はオースティン人ではないので徴兵対象外なのですが、何故《なぜ》か強い希望で衛生小隊に志願したそうです。

「私は元々、回復魔法の適性は持っていると言われてきたが……。役者になるのが夢だったからね、癒者《ヒーラー》として勉強はしてこなかった」

「では、どうして」

「今回の侵略で私の友人や……、また公演しに行くと約束した子たちがいた村が、サバト軍に焼き尽くされたからだ」

彼はグっと拳《こぶし》を握ると、悔しそうに歯をギリギリと鳴らして怒りました。

「笑顔の素敵な子がいたんだ。生え変わりの時期で欠けた歯がキュートな、花咲くような笑顔を見せる子だった」

「……」

「そんな彼女は私の舞台に泣くほど感動し、また私の公演が見たいと言った。私は彼女に、もう一度最高の舞台を見せてあげると誓った。だから我々はこの国を去る前に、その村に行って約束を果たすつもりだった」

アルノマさんは、鬼気迫る《ききせま》表情で話を続けました。

「その村には、もう一人も生き残りはいないそうだ」

その話をする彼からは、とても深い悲しみを感じました。

「とはいえ私は、オースティン出身じゃない。東の国、フラメール生まれの旅芸人だ。サバトが憎いからといって、命がけで戦うほどの理由はなかった」

「では、どうして?」

「昨日……君の意見を聞いて思い直したんだ」

「……」

「降伏を拒否するなんてどういうことだ、そんなに人の血が見たいのか！　しかし祖国でもない国のために命を懸けるのは、気が進まない……」

アルノマさんはニコリと、彫りの深い顔を笑わせて、

「だけど！　この私が回復魔法を使って、人を治すだけでいいなら。虐《いじ》められている隣国の友人が手を差し伸べてほしいというのであれば、力になろうと思ったのさ！」

「そ、それはどうもありがとうございます」

「なあに、悪逆には必ず報《むく》いがある。サバトには絶対に報いを与えなければならない。だからフラメール人の血と誇りにかけて、私は君たちの傷を癒《いや》す光となろう！」

そう、舞台上のような身振り手振りと声量で、高らかに宣言したのでした。

「……」

小隊に新たに編入された三人の衛生兵のうち、二人が素人でした。

アルノマさんもラキャさんも体力はありそうですが、一から衛生兵として訓練していかなければなりません。

それも、サバト兵を追撃する強行軍の中で訓練する必要があるのです。

「……ケイルさんが編入された事が、せめてもの救いですね」

ケイルさんは軍人としての経験は浅いですが、癒者《ヒーラー》としての腕は確かです。

当面は、彼と自分で引っ張っていかねばなりません。

「ツーマンセルで、指導医方式にしてみるのもアリでしょうか」

指導医方式とはベテランと新人の癒者《ヒーラー》同士でペアを組み、師弟関係を作って教育する方式です。

メリットとしては、指導方針がぶれず効率の良い教育が施せます。

幸い、新兵は男女一人づつです。自分がラキャさん、ケイルさんにアルノマさんを付けて実務に当たりながら指導する、というのが無難な気がします。

とはいっても人間関係の相性もありますので、組み合わせは調整するとしましょう。

「トウリ衛生兵長。次は、新入看護兵の診察もお願いします」

「了解しました」

そんな事を考えていたら、次の診察者が外に並び始めていました。

自分の小隊には癒者《ヒーラー》の他、看護兵さんも配属されます。

部隊は全員合わせて十人超、ちょうどマシュデールでの前線医療本部ほどの規模になります。

看護兵さんとの関係も仕事効率に直結しますので、彼らとのコミュニケーションも大事にしていきたいですね。

【九月二十五日　夜】

「といった感じで、自分は小隊を一つ任されることになったのですが」

「へえ、偉くなったじゃねぇかトウリも」

その晩。

宿泊場所に戻った後、自分はアレンさんに相談に行きました。

内容はもちろん、小隊の指揮の執り方などです。

「小隊長とは、具体的にどのような役回りなのでしょうか」

「要は中間管理職だよ。上層部の命令を聞いてそれを遂行《すいこう》するべく、下級兵に指示を出す役回りだ」

「なるほど」

自分が知っている小隊長といえば傍若無人《ぼうじゃくぶじん》なあの人だけなので、あまり参考にできなかったのです。

アレンさんはベテラン兵士ですので、相談相手としては最適でした。

「ガーバック小隊長殿は、暴力が苛烈《かれつ》だったが小隊長として優秀な人だった。小隊長に第一に求められるのは、部下に命令違反をさせない統率力だからな」

「ええ、逆らう気は全く起きませんでした」

「まぁ、あの人はソレに加えてフィジカルや判断力などいろいろと優秀すぎた。エースの名は伊達《だて》じゃねぇ」

彼の優秀さは、自分も全く疑っていません。

あの人さえいれば何とかしてくれる、そんな安心感を感じたこともあります。

その倍以上の頻度《ひんど》で、心が凍りつくほどの恐怖心を抱いていましたけど。

「ただ、トウリがガーバック小隊長の真似《まね》をしても誰もついてこないだろう」

「やはりですか」

「おチビが本気で部下を殴ったところで、自分の拳を痛めるだけだしな。もし部下が逆切れして襲い掛かってきたら、逆にボコボコにされるんじゃないか」

「否定はできませんね」

部下を統率するのに恐怖心を利用するのは有効ですが……、大前提として「この人に逆らったらヤバい」と思わせるような何かが必要です。

ガーバック小隊長殿の場合、それが暴力だったわけですが……。まぁ、ソレは十五歳の小娘である自分には厳しいでしょう。

「トウリはそうだな。命令に従いたくなるような、人望のあるタイプの小隊長を目指せ」

「人望、ですか」

「お前の幼《おさな》い外見や年齢は本来指揮官としてデメリットにしかならんが、人望で指揮するタイプだとプラスに働きうる。特に、衛生部の連中は泣き落としに弱かろう」

「……それは、確かに」

要はアレンさんは、自分に恐怖ではなく情を使って部下を従わせろと仰《おっしゃ》っているのですね。

確かに、そのやり方の方が自分に向いていそうです。戦場において、命令違反は死に直結します。

部下に命令違反をさせず、作戦中の行動を完全に掌握《しょうあく》することは小隊長として最も重要なスキルでしょう。

「それと、外国籍の男には一応注意を払っとけ」

「アルノマさんの事ですか？」

「外国籍ってだけで、スパイの疑惑を持つ奴《やつ》も多いだろう。実際、その可能性も否定できんし」

アレンさんはそういうと、小声で自分に耳打ちしました。

「アルノマって男を信じるか信じないかは、お前が判断するんだ。信用できると思うなら庇《かば》ってやればいいし、スパイっぽければ証拠を押さえろ」

「……」

「実際、軍は人手不足に喘《あえ》いでいる。スパイが紛《まぎ》れ込《こ》んでも全く不思議はない」

それは、確かにあり得る話でした。

アルノマさんの話を聞いた感じでは本心からモノを言ってそうでしたが、彼の本職は舞台俳優です。演技なんて、お手のものでしょう。

「ありがとうございますアレンさん。とても参考になりました」

「そうかい、そりゃあ良かった。で、どうするんだ」

となれば、方針は固まりました。

「出発前に、レクリエーションとして親睦会《しんぼくかい》を企画しようと思います。会食を設定して、それぞれ良い関係性を構築してもらおうかと」

親交を深め、かつアルノマさんの人柄をもっと深く知る。

その一石二鳥をこなせる策として、食事会が最適だと思われます。

「良いんじゃねぇの？　ウチの小隊も、新兵にメシを奢《おご》る会はやるつもりだぜ」

「アレンさんも人望タイプ狙いですか」

「まあな。俺の溢れ出る魅力で、部下を統率してやるのさ」

そう言うと、アレンさんはニカリと笑いました。

「お互い小隊長、頑張ろうぜトウリ」

アレンさんは、滅多に暴力を振るってくる人ではありません。

きっと、人望のある良い小隊長になると思われます。

「いやいやそりゃ無理筋だアレンさん。新兵を騙して男色部屋に放り込むような外道に、人望なんてあるワケねェ」

「なんだよ。その後、ちゃんと可愛《かわい》い娘《こ》を奢ってやったじゃねぇかロドリー」

「アレンさんお勧めの娘は、なんか馬鹿っぽくてなァ」

「それが良いんだろうが」

「あのー、そういう話は自分のいない所でしていただけますか」

旧ガーバック小隊の二人は、自分をそっちのけに下ネタで盛り上がり始めました。

いつの間にか、ロドリー君もすっかり下品な空気に染まってしまいましたね。

自分は悲しいです。

一九三八年　夏　16

TSMedic's Battlefield Diary

私は半日かけて、はるばるパッシェンに到着した。

パッシェンはサバトとの国境沿いにある都市で、タール川で川釣りを楽しめる観光地となっている。

北部都市なだけあって、夏にしては涼しい気候だった。

露店《ろてん》が目を引いたが、私は事前に部長が予約したというホテルに足を運んだ。

「本日から一泊、個室を予約した者です」

「お名前をお伺いしてもよろしいですか」

「セドル・ウェーバー」

ホテルはそこそこ清潔で、休暇を楽しむ観光客でにぎわっていた。

値段さえ安ければ、次の休暇で個人的に利用しても良いかもしれない。

「はい、確認いたしました。食事は準備いたしましょうか」

「ああ、頼むよ」

宿泊費用は、どうせ会社持ちだ。

私に与えられた仕事は、ホテルマンから情報を引き出すこと。

外食はせず、食事はホテルでとるべきだろう。

「かしこまりました。ただ、申し訳ございませんが、昼食はもう時間が過ぎていまして」

「分かった」

腕時計《うでどけい》を見ると、時刻は三時を回っていた。

ディナーまで待つには少し時間が空いている。

「では、昼食を摂《と》ってくるよ。部屋に荷物を運んでおいてくれ」

「了解しました」

私はフロントにそうお願いした後、チップを多めに渡した。

そして財布だけ持って、私は街へと繰り出した。


街に出ると露店通りに数多くの飲食店が並んでいた。

川魚のオリーブ漬けが特産品のようで、ツンと酸っぱい匂いが鼻孔《びこう》をくすぐった。

「そこの兄ちゃん、作りたてのマスのオリーブ漬けだよ！　缶詰にしてあるから、一年は持つ！　お土産《みやげ》に最適だろう？」

「……ああ、ありがとう。じゃあ一ついただくよ」

「毎度あり！」

私は通りを歩きながら、適当に露店を見て回った。

「なぁ店主。ここらでお勧めの娼館《しょうかん》はあるか？」

「お、兄さんソッチが好きなのかい。紹介してやってもいいが、女房には内緒にしてくれよ？」

「ありがとう。金に糸目はつけないから、いい店を頼む」

露店を回った目的は、情報収集だ。

首相が部屋に招いた女性が商売女なら、この辺の娼館を利用したハズ。

「部屋に呼べるような娼婦《しょうふ》はいるか」

「いや、そういうのはやってなかったと思うぞ」

こういう下世話な情報は、ホテルマンに訊くより下町で訊いたほうが正確だろう。

私は聞き込みを続け、金持ちが利用しそうな店に当たりを付けていった。

……実際に取材に回るのは夜にしよう。

それなりに情報が集まり、ホテルに戻ろうと考えた時。

「……おや」

私は露店通りの中で、ふと不思議な店を見つけた。

それは無表情な男性が入り口の椅子に座り、黙々と煙草《たばこ》を吹かしている店だった。

「この店は、何を売ってるんです？」

「メインは魚のムニエルだ」

店の男に問うと、そっけない返事が返ってきた。

この店はどうやら、ムニエルを出す料理店らしい。

確かに香《こう》ばしく旨《うま》そうな匂いが漂っていたが、客は一人も入っていなかった。

「あの娘《こ》は看板娘かい？　ずいぶんとそっけない態度だけど」

「アンタの目には、あれが生きてるように見えるのか？」

店の真ん中には、可愛《かわい》らしいウェイトレス服を来たマネキンが飾られていた。

雰囲気と合っておらず、異様で不気味だった。

あのマネキンのせいで、客足が遠のいている気がしないでもない。

「ウチで、食べていくのか」

「……ああ、じゃあお願いするよ」

空《す》いてる店なら、料理が出てくるのも早いだろう。

サっと食事を済ませたかった私は、その店で食事を摂ることにした。

用が済んだらさっさと部屋に戻って、トウリ氏の日記の続きを読みたかった。

「店主」

「何だ？」

「この……リゾットはやってないのか？」

メニューを一読し、私は若鶏《わかどり》のリゾットという料理に目を付けた。

ムニエルも悪くないが、リゾットは私の好物だ。

値段も安いし、かなり食欲をそそられたのだが……。

「その料理は、線で消してるだろう」

「ああ、だから訊いた」

「消してるメニューは、やってない。シェフが不在なんだ」

「そうか」

どうやら、今は食べられないらしい。

がーんだな。出鼻《でばな》をくじかれた気分だ。

仕方がないので、私は看板メニューのムニエルを注文した。

「お待ちどう」

「どうも」

作り置きがあったのか、頼んで数分で冷めたムニエルが出てきた。

「これは……美味《おい》しい。美味しいのだが」

私は独《ひと》り、誰もいない店内で料理に舌鼓《したつづみ》を打った。

そのムニエルは冷めてはいるが、芳醇《ほうじゅん》な味わいのクリームソースとよく絡み合った。

それは間違いなく絶品の類ではあったのだが、

「ウィンで同じ味を食べたことがあるような」

「ああ。ウチの店は、ウィンから取り寄せた素材を使っている。魚も含めてな」

「……」

どうやらこの店は、わざわざウィンから魚を鉄道輸送しているらしい。

魚の鮮度の関係か、少しだけ身もパサついていた。

地元の魚を使えば良いものを……。

「お会計を」

「金貨二枚」

鉄道輸送を利用しているからか、値段は割高だった。

主都ウィンなら同じ料理を、半額で楽しめただろう。

「美味かったよ、ごちそうさま」

「ああ、また来ると良い」

この店は外《はず》れだな、と内心ボヤきつつ。私は表情に出さず、店主に挨拶してホテルへ戻った。

「夕食の時間は何時頃がよろしいですか」

「遅めの時間で席を取ってくれ」

「かしこまりました」

私はホテルに戻ると、昼に聞き込んだ内容をまとめた報告書を作成した。

サボっていないと証明するために、どうでも良い情報も会社に報告しないといけないのだ。

「さ、夜も忙しいぞ」

私は仕事を終えた後、満たされた腹を擦《さす》り、フカフカのベッドに寝転んだ。

次の取材は、夕食のタイミングだ。チップを使って、首相の接客をしたボーイがいないか尋ねてみよう。

それまでしばしの休憩時間として、私は再びトウリ氏の日記帳を広げた。

【余白に書かれた見慣れぬ筆跡の文字】

『トウリ小隊長！　日記を書く暇があったら私と話そ？』

首都ウィン 4

TSMedic's Battlefield Diary

【九月二十八日　夕】

オースティン軍に入隊したら一週間ほど研修やオリエンテーションを受け、軍規や手当《てあて》などについて学びます。

その中で銃や弾薬の扱いを学んだり、退役軍人から経験談を聞いたりします。

オリエンテーションは退屈ですが、寝たら木刀でしばかれるので我慢して聞き続けねばなりません。新兵、最初の試練です。

「つまりだ、新兵。お前たちに脳味噌《のうみそ》はいらんのだ。言われたことだけをしろ、許可を出すまで何もしてはいかん！」

「はい、アレン小隊長殿！」

自分たちも研修の一貫として、塹壕戦《ざんごうせん》の体験談を語って聞かせる事になりました。

退役軍人より、戦友となる現役兵士から話を聞いた方が良いだろうという判断でした。

「そこの、お前！　名前と階級を言ってみろ！」

「レータ二等歩兵であります、アレン小隊長殿」

「よろしい。お前はなぜ、この先行部隊に志願した？」

「兄をサバト兵に殺されたので、敵討《かたきう》ちがしたくて先行部隊に志願しました」

「そうか、大いに結構！　俺に逆らわなければ、本懐《ほんかい》を遂げられるだろう」

「よろしくお願いします」

緊張しながら名乗りをあげる新兵たちの姿は、半年前の自分を見ているようです。

自分もガーバック小隊長に、回復魔法を使えない旨を説明してぶん殴られた事は記憶に新しいです。

「……」

さて。それで、自分の……。

十五歳の小娘により統括《とうかつ》される「トウリ衛生小隊」のメンバーは。

「やー、あの時は、その、反省してる」

「……反省は必要はない。もう私に関わらないで」

ケイルさんはどうやら、配属された看護兵と過去にトラブルがあったようで。

召集して早々、悪い空気が流れていました。

「あの、お二人は知り合いですか？」

「……親しい間柄ではないわ」

「まぁ、この辺にしとこうエルマ？　後で文句は聞くから」

「……お断りよ、どうして貴方《あなた》と話さないといけないの」

「君《きみ》の言いたいことは分かる。あの事は全て、俺が悪かった」

看護長を任せる予定のエルマさんという人は、ケイルさんと言い争いを始めてしまい。

ケイルさんは顔を青くしながら宥《なだ》め、他の人は目を逸《そ》らし黙ってしまいました。

「……」

自分も他にならって、訓示《くんじ》を行いたいのですが……。

この空気、どうしたものでしょうか。

ラキャさんやアルノマさんは、目を背けてます。

エルマさんの部下である看護兵たちも、同じような反応です。

そうですよね。自分が何とかしないとダメな感じですよね、これ。

「こほん。そろそろ自分が話してもよろしいでしょうか」

「あ、ああ。そうだな、リトルボス。ほら、小隊長も困ってるしな、エルマ」

「……分かった。いえ、分かりました」

自分が声をかけると、二人は静かになりました。

やぶ蛇になりそうなので、二人の関係は突っつかないでおきましょう。

「自分は、ここにいる皆様の指揮権を預かる事になりました、トウリ・ノエル衛生兵長です。どうぞお見知りおきください」

「……」

「あ、上官が何か発言した場合、返事は返しましょう。今の場合ですと、大きな声で『ハイ、小隊長殿』と返事してください」

「『ハイ、小隊長殿！』」

「はい、良い感じです」

誰からも返事がなかったため、やんわりと注意をしました。

間違っても「貴様《きさま》ら、返事もできねぇのか！」とブン殴ったりはしません。

自分は人望のある小隊長を目指すのです。

「皆さまは年下の自分が小隊長と聞いて、驚かれたかもしれません。頼りなく感じられる方もいるでしょう」

「「ハイ、小隊長殿！」」

……肯定されてしまいました。

まあ、そりゃ頼りないですよね。

「しかし、自分は貴方《あなた》たちより半年だけ長く軍に在籍しています。この半年という年月は、皆様が考えているよりずっと重たいです」

「「……」」

「自分は衛生兵として、突撃部隊に所属していました。突撃部隊では新兵の八割が、半年以内に死ぬと言われています」

「八割……」

「自分は幸運にも、その八割に入らずに済んだ実績があります。だから最年少であろう自分が、指揮官に指名されたのです」

まぁ、半年間生き延びたといっても、シルフ攻勢前はほとんど交戦してませんでしたが。

ハッタリを利かせてでも、威厳を見せる方がいいでしょう。

「自分は皆さんに勇敢《ゆうかん》に戦え、敵を殺せと言うつもりはありません。ただ、生き延びてもらえば結構です」

衛生小隊は後方に配置され、戦闘に参加しません。

ですが、常に安全と思えば大間違いです。

「この先、皆さんには何度も命の危機に瀕《ひん》するでしょう」

「「……」」

「自分は皆様より、生き残る術《すべ》に長《た》けているつもりです。なので、いざという時は自分を信じ、従ってください。さすれば責任を持って、貴方たちの命を保証します」

「「……ハイ、小隊長殿！」」

訓示とは、こんなものでよろしいでしょうか。

これで、きちんと命令に従ってくれれば良いのですが。

「では皆さん、何か質問はありますか」

「……えっと、では一つ。トウリ小隊長、今後……。例えばこの中の誰かが功績を上げて、小隊長が変更される可能性はありますか？」

「おや、自分が小隊長ではご不満ですか」

看護兵のエルマさんは、開口一番で小隊長が替わることがあるか訊いてきました。

やはり、年下が上官というのは不満なんでしょうか。

「……いえ、貴女《あなた》に不満はありません。単に、その、個人的に従いたくない方が部隊にいますので」

「……」

ああ、なるほど。ケイルさんが小隊長になる可能性を心配しているのですか。

まぁ、実力的にはケイルさんが小隊長でも不思議はないですからね。

「エルマさん。軍隊は、私情を挟むべき場所ではありません。先ほどの質問に返答しますと、無論、この中の誰かが小隊長に昇格することはあり得ます」

「……そうですか」

「ええ。例えば自分が戦死すれば、その時点で指揮権はケイルさんに移ります」

「……」

これはどう説得したものでしょうか。

ケイルさんは副隊長なので、個人的な感情で反抗されると困ります。

行き過ぎると、処罰の対象にもなり得ます。

「……エルマさん、それがご不満でしたら今すぐ辞職してください。緊急時、指揮系統に乱れがあれば小隊全体が危機に陥ります」

「……」

「上官からの命令は、絶対です。自分も含めて、それがどんな馬鹿げたモノでも、命令に逆らうという選択肢を持ってはいけません。意見がある際には上官に提案を行い、却下された際には従ってください」

「……それは、明らかに間違っている命令でもですか」

「ええ。間違っているかどうかを判断するのは、部下の仕事ではありませんので」

自分がそう説明すると、エルマさん不満げに顔を逸《そ》らしました。

少し、言い方が厳しかったでしょうか。

ですが命令無視は、戦死の引き金になるので絶対に許せません。

……サルサ君の時のように、命令を軽んじたせいで起きる犠牲を出したくないのです。

「それが正しい意見であるならば、自分は柔軟に受け入れるつもりです。それで、今はご納得くださいエルマさん」

「……わかりました」

空気を読んだのか、エルマさんはそれ以上の言及をしてきませんでした。

しかし彼女は、おそらくケイルさんが指揮官になった場合は従わない気がします。

迂闊《うかつ》に戦死できませんね、これは。

「他にご質問はありませんか」

「……」

「無いようでしたら、今から親睦会《しんぼくかい》を開こうかと思っています。首都内の店を押さえておりますので、どうか移動願えますか」

自分は笑顔を作って、予約していた飲食店へ向かうことにしました。

士官学校のすぐそばの大衆酒場で、評判も良いところです。

「……」

「……」

しかし道中、皆黙り込んで歓談を始めませんでした。

看護兵さんはビクビク歩いていますし、ラキャさんやアルノマさんも無言です。

「……」

どうしてこうなってしまったのでしょう。

本当は、もっと和気あいあいとした雰囲気で食事会をしたかったのですが。

「……なぁ、小さな小隊長」

「おや、何でしょうアルノマさん」

そんな重い空気の中。

「食事会が始まったら、少しお願いがあるんだ」

「お願い……ですか？」

店に入る直前、濃い顔のハンサムさんが自分の肩をチョンと叩《たた》きました。


「ラァーラー!!　フォルテッスィモォ!!」

そして大衆酒場の店内に、美声が響き渡りました。

「エクストリィイイメっ!!」

「お、おぉ!!　何て歌声だ」

「め、めちゃくちゃ恰好《かっこ》いい……」

何とアルノマさんは、自分に『宴会芸をするよう振ってくれ』と申し出たのです。

きっと雰囲気が悪くて自分が困っているのを、察してくれたのでしょう。

「……エルマさん、彼に手拍子をしましょう」

「え？　あ、ああ、そうですね」

アルノマさんは、舞台俳優です。その歌声は、圧巻の一言でした。

観客を楽しませる術を研鑽《けんさん》し続けた、場を盛り上げるプロ。

本当は、部隊の空気を整えるのは小隊長の役割なのですが……。

着任早々、アルノマさんには借りができてしまいましたね、

「す、凄《すご》いな、さすがは俳優。芸のレベルが違う」

「この歌の後じゃあ、芸なんてできないよぉ」

「苦手な人は、無理をなさらずとも結構ですよ」

これが、芸で身を立てている者の力なのでしょうか。

他のテーブルのお客さんだけでなく、店員さんまで彼に釘付《くぎづ》けでした。

「ふぅ。どうだったかな、私のステージは」

「素晴らしいものでした、アルノマさん。貴殿《きでん》を、我が小隊の勲功《くんこう》第一といたしましょう」

「それは上々」

人気俳優のミュージカルを間近で見られ、皆は楽しそうにしています。

最初の悪かった空気が嘘《うそ》のようです。

「私に続いて、芸をする者はいないかね」

「あははは、ちょっと今日は調子が悪いなぁ」

一つ問題があったとすれば、アルノマさんに続こうという兵士が一人もいなかった事です。

ここまで注目を集めた後に、芸をする度胸はなかなか出ないのでしょう。

……ふむ。

「では手前味噌《てまえみそ》ですが、小隊長である自分が続きましょうか」

「え、何かできるのかいリトルボス」

「ええ。ちょうど、先日人形を仕入れたところでして」

まぁ、そうなれば仕方ありません。

せっかくアルノマさんが温めた空気、自分が引き継いでやりましょう。

「人形？」

「狐《きつね》さんです。ほら、可愛《かわい》いでしょう」

「えっ。可愛い、と言われたら確かにちょっと」

こう見えて自分は軍に入る前、旅芸人として生計を立てていくつもりでした。

自分の腹話術を使った人形劇は『まるで生きているようだ』と評され、孤児院では『人形師《ドールマスター》』と呼称されていたのです。

「えー、こんこん。狐さんです」

「お?」

「こんこん、こんこんー」

「へー、上手《うま》いもんだねリトルボス」

「こんこん（にゃー）、こんこん（にゃー）」

「おお⁉　ハモりだしたぞ⁉」

そして自分は得意技の、『腹話術を使った輪唱《りんしょう》』をやってみせました。

この芸一本で一生飯が食えると、アイザック院長先生も言ってくれましたっけ。

「……ふふ。まさかトウリ小隊長の芸の腕が、これほどとは」

「どうかしましたか、アルノマさん?」

自分の腹話術は大いに受けて、歓迎会は益々盛り上がりました。

自分は少しだけ得意げな顔をして、席に戻りました。

「認めよう、小さな小隊長。君は――――私の好敵手だ」

「いえ、上官です」

自分の芸に、感じたものがあったのでしょうか。

食事会の間、アルノマさんは少し好戦的な目をしていました。

【九月二十九日　朝】

「入室許可を願います」

「入り給《たま》え」

アルノマさんのおかげで、仲間との親睦を深めた翌日。

自分は朝から、ある人に呼び出されていました。

「トウリ・ノエル衛生兵長。入室しました」

「うん。よく来てくれた」

その人物とは、今回の遠征において自分の直属の上官となる方で。

「お久しぶりです、アリア少尉《しょうい》」

「ああ、久しぶり。それと私は、もう大尉《たいい》になったよ」

「それは、大変失礼いたしました。アリア大尉殿」

レンヴェル少佐のご息女であり、マシュデールで共に治療に携わったアリア大尉なのでした。

「私は今回の遠征から、大隊を一つ任されることになった」

「それはおめでとうございます。アリア大隊長殿」

「ありがとう」

アリアさんは大尉に出世して、大隊長になっていました。

小隊が五～十部隊ほど纏《まと》まると中隊になり、その中隊をさらに複数纏められたものが大隊と呼ばれます。

その人数は、千人近くに及びます。この世界の人口において、千人というのは凄まじい兵数です。

「まぁ、いつもの父の身内《みうち》贔屓《びいき》もあるのだろう。やめてくれと言っているのだが」

「……いえ、自分は適切な任官だと思います」

「ははは、ありがとう」

アリア大尉は、自身の階級に何とも言えぬ顔をしていました。

シルフ攻勢で多くの将校が戦死し、その繰り上げで昇進になったそうです。

彼女の年齢での大尉は珍しいですし、まして女性将校となれば例を見ないそうです。

「貴女《あなた》の衛生小隊は、私の大隊に組み込まれることになった」

「了解いたしました」

そのせいでアリアさんはコネ出世だと言われ、苦労しているようです。

何か、助けになれればよいのですけど。

「父上……レンヴェル少佐は、先頭に立って進軍するつもりらしい」

「ご勇敢な事です」

「一方でアリア大隊は最後方に配置される。それに付き従う君たちも、最後方だ」

「なるほど」

「まぁ何だ。貴女たちは安全な後方で治療に専念してくれればいい、安心しろ」

「ありがとうございます」

自分たちの配置は、遠征軍の一番後ろで安全な場所のようです。

衛生部は軍の生命線ですから、大事にしてくださるのでしょう。

「トウリ小隊の護衛には、ヴェルディ中隊をつけるつもりだ」

「ヴェルディさんですか」

「ああ、顔見知りの方がいいだろう。貴小隊は、ヴェルディの指揮で行動してくれ」

ヴェルディさんは、もう中隊長になられたのですね。

確かに彼なら、話しやすくて助かります。

「明日、ヴェルディ少尉を貴小隊と引き合わせる。午前七時に部隊全員で、私の許に顔を見せたまえ」

「了解しました」

「その後は、ヴェルディ少尉の指示に従って訓練を受けてもらう予定だ。以上、何か質問はあるかね」

「いえ、ありません」

「そうか」

アリア大尉と話して、トウリ衛生小隊の立ち位置がわかってきました。

マシュデールの時のような前線医療本部を、向かった先々でやるみたいです。

「トウリ。ここからは軍人としてではなく、君の知人として話をするが。……重い役割を背負わせてしまって、申し訳ない」

「いえ、そんな」

「君の年齢の兵士に小隊長を任せるなんて、正気の沙汰《さた》ではない。……せめてもう一人、衛生兵が生き残っていれば」

部屋を去ろうとしたら、アリア大尉は申し訳なさそうにそう言いました。

……彼女も、未熟な自分を指揮官にするのには抵抗があったのでしょう。

「南部方面軍と合流できれば、経験豊富な衛生兵を融通してもらうつもりだ。それまでは、どうか頑張ってくれ」

「本当ですか」

どうやら南部方面軍と合流さえできれば、自分は責任者ではなくなるようです。

それを聞いて、凄くホっとしました。

「お、顔色が良くなったな」

「正直なところ、責任が重すぎると感じていました。部下の全員が年上で、扱いに困っていたのです」

「そうだろうな」

昨日みたいな状況でも、指揮官がガーバック小隊長であればエルマさんも話を切り出せなかったでしょう。

もし切り出していたとしても「無駄口をたたく権限がお前に存在するのか」と鉄拳制裁され、二度とその話題を口にしなかったでしょう。

……そう考えると、暴力による恐怖政治ってかなり楽なんですね。

「君はただ、頑張る姿を見せていればいい。そうすればきっと、周囲の部下も力を貸してくれるでしょう」

「はい。未熟ではありますが、粉骨砕身《ふんこつさいしん》して頑張らせていただきます」

「頼む」

しかし、自分は暴力的な手段で部下を従えるつもりはありません。

また、そもそも筋力的にできません。

なので部下に従ってもらえるよう、なるべく誠実に振るまいましょう。

そうすればきっと皆も力を貸してくれるはずです。


【九月三十日　朝】

どうして、こんなことになっているのでしょうか。

「あの。自分は午前六時にグラウンドに集合せよと命令したはずですが」

「来ないね」

自分は確かに、昨晩のうちに小隊メンバーに午前六時にグラウンドへ集合するよう通達しました。

いざ出陣すれば、ブリーフィングのある朝五時に目覚めなければなりません。

その肩慣らしとして、この時間に設定したのですが……。

「点呼を取ります。ケイルさん、アルノマさん、エルマさん、オーディさん、ブチャラッティさ……」

トウリ衛生小隊の総勢十一人中、時間内に集合したのは僅か六名でした。約半数が遅刻です。

「他の方はどうしていますか」

「すみません、私が見た時には起きていたように思うのですが」

「……遅刻した女性は、エルマさんが。男性は、ケイルさんが様子を見に行ってもらえますか」

「了解、リトルボス」

兵役を経験したことがない人って、こんなものなのでしょうか。

いえ、アルノマさんやケイルさんなど年配の方はきっちり集合してくれました。

ここにいないのは、十五歳のラキャさんを始め十代の若手看護兵さんが多いです。

社会経験の差、という奴《やつ》でしょうか。

「それと、アルノマさん。その」

「私がどうかしたかい」

そして問題は、遅刻だけではなく。

「貴方はどうして、バッチリ化粧《けしょう》をしているのでしょうか」

「ああ。マナーだからね」

舞台俳優のアルノマさんは、時間どおりに集合してくれたのは良いですが。

何故《なぜ》かバッチリ、舞台に出るようなメイクをキメて現れたのです。

「その、化粧は従軍行動に必要がないので、ご遠慮いただきたいのですが」

「どうしてさ。別に、何も悪い事ではないだろう」

「患者さんの処置を行う時に、その」

「患者さんだって、どうせなら美しい人にケアしてもらいたいはずさ。化粧は、私にとっての戦闘衣装。時間はきっちり守ってるんだ、これくらいは許してほしいな」

やんわりアルノマさんを嗜《たしな》めようとしたら、何が悪いのだといった態度で言い返されてしまいました。

話を聞いてくれる様子は無さそうです。

「小隊長。むしろ貴女《あなた》こそ、そろそろ化粧の勉強などを始めた方がいい。きっと、喜ぶ患者も増えるはずだよ」

「……」

「それとも、軍規に触れるのかい？　昨日貰《もら》った軍規資料の中には、何も書いてなかったが」

……確かに、軍規に化粧の記述はなかったとは思います。

しかし化粧に使った粉などが、患者の処置中にポロポロと零《こぼ》れ落《お》ちることがあります。

それが万一、患者さんの創部《そうぶ》に落ちてしまったら、目も当てられません。

なので、自分としてはなるべく化粧をしてほしくないのですが……。

「……」

軍規に書かれていない以上、自分に化粧を制限することはできません。

何なら、森林迷彩としての化粧を研究している軍人もいます。

反感を買わないためにも、あとでやんわりお願いすることにしましょうか。

「すみません、遅れましたぁ」

「ごめんなさーい」

十分ほど待つと、姿を見せなかった看護兵やラキャさんたちが集合場所に現れました。

「ふわぁ……」

ラキャさんは寝ぼけ眼をこすっており、まだパジャマ姿です。

どうやら彼女は、朝が弱いみたいですね。

「もう時間過ぎてたか～」

「本当に申し訳ありません……」

一方で看護兵たちは目は覚めていたようで、ちゃんと軍服を着てきてくれたのですが、

「……何で看護兵さんたちも、バッチリ化粧をキメてるんですか」

「え？　いやだって」

「化粧をしている時間があるなら、集合時間に間に合うよう行動してください」

「いや、だってラキャちゃん寝てたし、まだ良いかなって。そもそも呼び出されたの、七時だよね？」

どいつもこいつも、化粧をしっかりキメてやがりました。

なぜ、集合より化粧を優先……？

「あの、エルマ看護長。首都の病院内では、派手な化粧は許可されるものなのでしょうか」

「……私はマシュデール出身なので、首都については何とも言えませんが。私の所属する病院では、見苦しくない程度になら許可されていました」

「そんなものですか」

「……とはいえ、彼女たちの化粧は過剰に見えますけどね」

「だって、病院と違ってここルールないし」

遅刻してきた看護兵たちに、あまり反省の色は見えません。

いくら人望がある小隊長を目指さないといけないとはいえ、軍規違反には厳しいところを見せないと、規律がなぁなぁになります。

……嫌われるかもですが、遅刻者には罰を科するとしましょう。

「化粧についても、本音を言えば禁止したいところですが。軍規に明記されていないので、現時点では不問とします」

「やった」

「……ただし本日、遅刻してきた五名の方は朝食、昼食を抜きとします。軍隊は時間厳守です。今後、このようなことがないように気を付けてください」

「げっ!!」

自分が遅刻の罰で食事抜きを宣告すると、遅れてきた人たちは不満げな声を上げました。

処罰の内容に、不満全開のようです。

体罰が無い分、とあるお方に比べて非常に軽い処分なのですが……。

「メシ抜き⁉　本気で？」

「そんな……、たったこれだけの事で⁉」

「いや、集合時間は大事だよ。明日からは遅刻しないようにね」

「ほんの十分だけじゃん！」

……これが、これが新兵というやつですか。

あまり他人の事を悪くは言いたくないですが、意識が違いすぎます。

多少の遅刻は許されるもの、上官からの処罰には反抗するもの。

この方たちは『上官の命令は絶対』という軍人の常識を持っていないのです。

「ラキャさんは早く着替えてきてください。寝巻で大尉に面会するつもりですか」

「はーいぃ……」

これは、どうやって意識を変えるべきでしょうか。

平時ですら部下に言う事を聞いてもらえないなら、非常時に彼らを統制できるとは思えません。

やはり、自分には威厳とかカリスマとか、そういうものが不足しているようです。

……ああ。早く、南部方面軍と合流して小隊長の任務から退《しりぞ》きたい。

そうげんなりしつつ、ラキャさんの帰りを待っていると、

「あの、ラキャさんはまだ戻ってこないのですか？」

「さっき、急におなかが痛くなってきたって、トイレに籠《こも》っちゃいました」

「……」

食事抜きで絶望の淵《ふち》に沈んだラキャ二等衛生兵は、トイレから出てこなくなりました。

……まさか、無言の抗議じゃありませんよね、これ。

「あの、ラキャさん。もうそろそろ移動を始めないと、マズいのですが」

「ごめんなさい、本当に、お腹が痛くって」

「……」

そんな彼女が、腹を押さえながらトイレから出てきたのは、七時の直前でした。

アリア大尉の部屋まで走ったとしても、ギリギリ間に合わない程度の時間です。

「うぅー、ごめんなさいトウリ小隊長！　も、もう大丈夫だから」

「……」

ああ。これが、今の自分の指揮能力なのですね。

集合時間に間に合うよう行動してくれるのは、部隊の半分。

化粧をやめてくださいという、自分の意見は拒否されて。

罰を言い渡すと、部下はトイレに籠って出てこなくなる。

……やはり、自分に小隊長は荷が重い任務です。


【九月三十日　昼】

「この、愚か者がぁ！！！！」

結局、自分たちはアリア大尉との集合時間に間に合いませんでした。

七時二分。それが、自分がアリア大尉の執務室に到着した時間です。

二分の、遅刻でした。

「トウリ衛生兵長。貴様は半年間、西部戦線で何を学んできた？」

「はい、アリア大尉殿。自分は、何も学んでなどいませんでした」

激しい殴打《おうだ》音が、大尉の部屋に鳴り響きました。

部屋に入って間もなく、アリアさんが憤怒《ふんぬ》の表情で自分の頬を張り飛ばしたのです。

「衛生小隊が遅刻することの意味を、お前は学んで来なかったのか！」

「申し訳ありません」

「二分あれば、人は死ぬぞ。貴様は今、人を殺したかもしれんのだぞ！」

そういえば、今は亡きガーバック小隊長が言ってました。

レンヴェル少佐は、かなり暴力的な指導を繰り返すタイプの人だったと。

そのレンヴェル少佐の娘であるアリア大尉も、結構手が出るタイプみたいです。

「気合を入れて立て、トウリ。まだ話は終わっていないぞ！」

「はい、大尉殿」

自分と共に部屋に入ってきたメンバーは、目の前で激しい暴行が繰り広げられ目を白黒させていました。

自分がヌルすぎるだけで、普通の上官はこんなもんです。

せっかくなので、よく見ておいてください。

「まず、貴様が連れてきた衛生兵の一人。黒髪の、すっとぼけた顔をしたお前だ！」

「は、はいィ!?」

突然アリア大尉に話を振られ、ラキャさんは泣きそうな目で返事を返しました。

自分も殴られると思ったのか、肩を竦《すく》めてガタガタ震えています。

「貴様、呼ばれたら階級と名を名乗れェ!!」

「はい、ら、ラキャ二等衛生兵、です！」

「ラキャか。貴様、どうして軍服の裾《すそ》が捲《めく》れている!!　お前は満足に、服を着ることすらできんのかァ!!」

「は、はい、ごめんなさぃぃい！！」

ラキャさんの、服装が乱れていることにアリア大尉はご立腹のようです。

トイレから慌てて出てきたので、しっかり服装を整えられなかったのでしょう。

「歯を食いしばれぇえ‼」

彼女はラキャさんに向かって怒鳴ると、迷わず自分の頬を張り飛ばしました。

ああ、制裁はこっちに来る感じですか。

「貴様の指導不足だ。小隊長を任されたなら、服装くらいはしっかり指導しろ」

「はい、申し訳ありません」

……アリア大尉って、上官として接するとこんなに厳しい方だったんですね。

彼女の恋人だった兵士は、よく彼女に惚《ほ》れようと思ったものです。

そっちの趣味とかあった人かもしれません。

「次に。貴様ら、どいつもこいつもその濃い化粧は何だ‼」

「「は、はい」」

「貴様らは男に媚《こ》びに戦場へ出るのか？　サバト兵に性奴隷を献上するために、我々の貴重な軍費を浪費するつもりか⁉」

頬を張るのに飽きたのか、アリア大尉は自分の腹部の殴打へ罰を切り替えました。

腹を殴られ、自分は思わずその場に蹲《うずくま》ります。

あー、懐かしい感覚です。

ガーバック小隊長殿は鳩尾《みぞおち》を穿《うが》った後、うずくまった瞬間に脛《すね》を蹴飛ばしてきましたっけ。

それを考えると、アリア大尉は寛大ですね。

「トウリ貴様、誰か他の看護兵が化粧をしている姿を見たか？　そんな事も部下に伝えられんのか⁉」

「はい、スミマセン」

「化粧箱なんぞ持ち歩く余裕があれば、一本でも多く包帯を持ち歩け！　ひよことはいえ看護兵だろ、この能なしども！」

アリア大尉の激昂《げきこう》は、続きます。

自分の背後では、顔を真《ま》っ青《さお》にしたアルノマさんや看護兵たちが、殴られている自分を見下ろしていました。

一方、ヴェルディさんは……。恐る恐る、といった顔で口をつぐんで様子を見ています。

……あ、これってもしかして。

「大変申し訳ありませんでした、全て自分の監督不行届きです。以後このようなことが無いよう、徹底して指導します」

「ふん、言われる前に最初からやれ」

自分は絞り出すように謝罪すると、やがてアリア大尉はどっかと椅子に座りました。

そしてヴェルディさんの方に向き直り、ふんと鼻息を鳴らします。

「とりあえず本題だ。そこにいるヴェルディ少尉――――私の従弟《いとこ》だが、ソイツが貴様ら衛生小隊を指揮するものだ」

「よ、よろしくね」

「今から貴様らはヴェルディ中隊と合流する。そしてヴェルディの監督の下、各種訓練を受けろ」

「「は、はい！　大隊長殿！」」

「命令は以上だ。解散、下がれ！」

アリア大尉は、鬼のような形相《ぎょうそう》のまま一喝《いっかつ》しました。

衛生小隊のメンバー全員が、緊張しきった顔で敬礼してカクカクと退室していきます。

「次は遅刻することの無いように、トウリ」

「はい」

最後にそう言葉を交わし、自分とアリア大尉は別れました。

「……」

アリア大尉の最後の言葉には、あまり怒りを感じませんでした。

むしろ、多少の慈《いつく》しみも混じっていた気がします。

「な、何だあの女軍人さん……おっかねぇ」

「あの人が私たちの上官……」

……そういえば、以前に彼女は言っていましたね。

上に立つものは、怖がられるのが仕事だと。

「……」

今の激しい暴行は、自分のためにやってくれたのかもしれません。

自分の体軀《たいく》では部下を指導できないと判断して、敢えて厳しく殴打したのです。

衛生部に入るような人間にとって、年下の娘が暴行される光景は堪《こた》えるでしょう。

つまりアリア大尉は自分に代わり、恐怖で従わせる役割を引き受けてくれたのです。

「うぅ、やべぇ所に所属しちゃった」

ガーバック小隊長もそうでしたが、上官というのは疎まれるものです。

彼女だって嫌われたくて上官をやっているわけではないはずです。

だというのにアリアさんは、自分のために損な役回りを引き受けてくれたのです。

「す、すまなかった小さな小隊長。……次からは、ちゃんと言うこと聞くよ」

「ごめん、ごめんね小隊長ぉ～。私が遅刻したせいで」

「いえ、お気になさらず」

そのアリア大尉の威光で、部下たちは命令に従ってくれるようになりました。

年下の娘が自分のせいで暴行される図というのは、想像以上に堪えたようです。

これも、アリア大尉の計算どおりなのでしょう。

「よし。トウリ衛生小隊は、集合してください」

アリア大尉の部屋から退出した後。

ヴェルディさんは、士官学校のグラウンドの一画に自分の小隊を集結させました。

「「……はい、少尉殿‼」」

「良い返事です」

グラウンドでは既に彼の部下と思わしき歩兵たちが、訓練を開始していました。

今から何をさせられるのか、どんな暴行が待っているのかと、皆顔を真っ青にしています。

少し、脅《おど》かしすぎてしまったでしょうか。

「皆さん初めまして。私は君たちを指揮する、ヴェルディ少尉と申します。従姉上《あねうえ》ほど苛《か》烈《れつ》に指導を行うつもりはないので、怖がらないでください」

「はい、少尉殿」

「ただ、訓練においても命に関わるようなミス――――部隊全体を危機に陥らせるようなミスは、厳しく指導します。先程のように、時間に間に合わない等はもっての他だからね」

「申し訳ありませんでした、少尉殿」

「以後気を付けるように」

ヴェルディさんはやんわりと、自分たちに注意しました。

大事なことなので、繰り返し注意喚起したのでしょう。

「君たちには、体力トレーニングを重点的に行ってもらおうと思います。実際に戦場にいるんだと思って、訓練を受けてください」

「「はい、少尉殿」」

「君たちには教官として、本士官学校の教員を手配しています。歩兵調練のプロですので、分からないことがあれば質問するように」

「ありがとうございます、少尉殿」

ヴェルディさんの隣には、警棒を持った怖いおじさんが、威圧的に笑っていました。

恐らくは、退役した軍人さんでしょうか。

「では後はお願いいたします、先生」

「了解した」

教官にそう告げると、ヴェルディさんは苦笑して立ち去りました。

きっと、他に仕事があるのでしょう。

「では、訓練を開始する」

「はい、教官殿」

「まずは準備運動だ。各自身体《からだ》をほぐし、全装備を背負ってグラウンドに集合せよ！」

自分たちが言い渡されたのは、歩兵用の体力トレーニングでした。

強行軍を行うので、衛生小隊であっても体力が必要だそうです。

重装備での持久走から始まり、受け身や着地の訓練、罠《わな》魔法を見破る方法など、様々《さまざま》な事を教わりました。

「ひ、ひぃぃぃぃい‼　死ぬ、死んじゃうぅ！」

「こんなもの、舞台の稽古に比べたら……。いや、やっぱキツい！」

同時に、部隊全員の連携が重要であることも叩き込まれました。

持久走では掛け声がずれると全員で走り直させられますし、罠の看破訓練で誰かが失敗すると全員がスクワットをさせられました。

「ラキャ！　また貴様か、このアンポンタン！」

「ごめんなさい、ごめんなさい、ごめんなさい！」

「お前のせいで、また貴重な時間が奪われた。さぁスタート地点に戻れ、全速力！」

平和な生活を営んできた一般市民にとって軍隊訓練はキツかったらしく、昼前には皆顔が真っ青でした。

平気なのは、ガーバック小隊長に似たようなメニューをやらされていた自分だけです。

「……これ、毎日やらされるの？　……正気？」

「足が、足が痛い……」

「まだまだ、訓練はこれからだぞ新兵ども！」

新兵は今までも、この訓練を出陣前に受けていたそうです。

自分は衛生兵だったので、省かれていたようですね。

【九月三十日　夜】

「さて、これで貴様らの訓練メニューは終了だ」

「ありがとうございました、教官殿」

初日の訓練は、日が沈むまで続きました。

「ぜー、はー」

「き、きついね、これ……」

若手が多いとはいえ、あまりの運動量に全員がヘトヘトになっていました。

元フットボール選手のケイルさんですら、汗だくで屈み込んでいます。

「歩兵たちは、まだ訓練を続けるのですか」

「ああ、むしろこれからが本番と言えるだろう」

訓練が終わるのは、衛生小隊である自分たちだけのようで。

歩兵たちは夜どおしで訓練が続くそうです。

「疲労がピークに達した時こそ、実のある訓練ができる。体力気力の溢《あふ》れたベストコンディションでしか戦えない兵士に価値などない」

「なるほど」

歩兵は、疲弊《ひへい》した状況でも戦闘できなくてはなりません。

だから体力トレーニングの後に、ようやく実戦的な射撃練習などを行うのだとか。

彼らにとっては、今からの訓練が本番なのかもしれません。

「しんどかった、これが軍隊……」

「シャワー浴びたーい……」

であれば、衛生兵だけさっさと休むのもおかしな話ですね。

歩兵と同じく、万全の状態でしか診療できない衛生兵は戦力になりません。

ケイルさんのように、一週間ぶっとおしで仕事を続けられる精神力は必要です。

「では三十分の休息の後、宿舎に集合してください。勉強会を始めます」

「えっ」

衛生兵にとって、医学知識を学ぶのは大事です。

知識のあるなしで、救える命が救えなくなったりします。

「も、もう今日は十分訓練したじゃない!?」

「今日はまだ、体力訓練しかしていません。自分たちの兵科を覚えていますか、ラキャさん」

「え、えぇ……?」

ラキャさんが泣きそうな顔をしていますが、これればかりは仕方ありません。

他の歩兵も同じように訓練しているので、諦めてください。

「あの、勉強会って何をするんですか」

「まずは、症例討論《ケースカンファ》と、回復魔法の実践ですかね。長丁場になるので、休息時間にしっかり食事をとっておいてくださいね」

「えええ～っ⁉」

「では解散。ケイルさんは申し訳ないのですが、症例検討《ケースカンファ》の相談に乗っていただけますか」

「了解だ、リトルボス。……メシ、食いながらで良いかい？」

「はい」

そんな自分の提案に、ケイルさんは引きつった笑みで答えれくれました。


【十月一日　深夜未明】

「ヴェルディ少尉。以上で、本日の報告を終わります」

「うん、お疲れさま」

勉強会を終えた後。自分は就寝前に、ヴェルディ少尉に本日の活動について報告しました。

小隊長は直属の上司に戦果や損害状況、装備の損耗率《そんもうりつ》などを報告する義務があるのです。

「トウリちゃんはまだ、余裕ありそうだね」

「持久走はガーバック小隊長に、散々やらされましたから。今になって、ありがたみが分かります」

「あー……。私は、どうかと思いましたけどね。衛生兵に偵察兵《ていさつへい》の真似《まね》をさせたり、負担が大きすぎるんじゃないかと」

確かにキツかったですが、前線で衛生兵を突っ走らせてる時点でそんなことは気にしなくていいと思います。

負担の大小より、生存に役立つ訓練をして貰えたことがありがたかったですし。

「あの訓練のお陰で、マシュデールも生き延びられました。偵察兵としての訓練も、是非続けたいと思っているくらいです」

「……偵察兵の訓練ですか。まぁ、アレンさんとかに頼めば教えてくれそうですが」

「おや」

アレンさんは偵察兵のベテランで、自分にとって偵察兵の師匠です。

彼には、西部戦線で様々なことを教えていただきました。

その名前が出てくるということは、

「もしかしてアレンさんって、ヴェルディ少尉の中隊に所属してるのですか？」

「ええ、知人だから扱いやすいだろうと回してもらいました」

「そうだったのですね」

自分の知人が多いアレン小隊は、ヴェルディ中隊に所属しているみたいです。

もしかしたら今日も、訓練をしている人の中に混じっていたのでしょうか。

「アレンさんだったら、快《こころよ》く教えてくれるでしょう。余裕があるなら頼んでみてもいいかもしれません」

「分かりました」

「ただし、トウリちゃん。向上心を持つのは素晴らしい事ですが、基礎訓練も大事にしてくださいね」

「了解です」

ヴェルディさんはそう言うと、自分に敬礼して下さいました。そろそろ帰れというサインですね。

自分も即座に敬礼を返し、一礼して退室します。

ヴェルディ少尉は、まだしばらく仕事が残っているのでしょう。あまり、長居しては迷惑です。

「……おやすみ、トウリちゃん」

「お疲れさまでした」

昇進すればするほど、仕事が忙しくなっていきます。

今までの自分のような、訓練さえ終われば眠れる下っ端とは楽な身分だったのですね。

【十月一日　朝】
「……あの、トウリ小隊長」

「どうかしましたか」

トウリ衛生小隊が結成された、二日目の出来事《できごと》。

本日もグラウンドで基礎体力訓練を行うため、朝一番に招集をかけていたのですが。

「……朝からどこを探しても、ラキャさんの姿が見当たらないのです」

「え」

朝一番、ラキャさんが行方《ゆくえ》知れずになったと報告されました。

「トイレなどにはいませんか」

「はい、近場は見に行ったのですけど」

思えば訓練を終えた直後から、ラキャさんはずっと顔面蒼白《そうはく》でした。

昨晩は居眠りする彼女をたたき起こし、勉強と回復魔法の実習を行わせたのですが……。

「……ラキャさんの荷物も、無くなっているんです」

「……」

よほど訓練がきつかったのか。

自分と同じ十五歳の新米衛生兵ラキャは、脱走を図ったようでした。

「小隊は少し待機してください。自分は、ヴェルディ少尉に報告を行って指示を仰ぎます」

結局集合時間になってもラキャさんは姿を見せませんでした。

おそらく、ほぼ脱走で確定でしょう。

彼女は確か、首都の出身者でした。おそらく、逃亡先は実家でしょうか。

「……了解しました。小隊各員に通達、貴方たちは予定どおりグラウンドへ向かって訓練を受けてください。自分はラキャさんの捜索を行います」

「「はい、小隊長殿」」

これはまずい事になりました。

部下の手前なのでできるだけ平静を装っていますが、内心かなり焦っています。

「では、グラウンドに向かってください」

「「はい、小隊長殿」」

……部下の逃亡は上官の責任。自分はそれなりの処罰を受けるでしょう。

ですが、それはどうでもいいです。自分がぶん殴られて制裁を受ければ済む話です。

問題はラキャさんの扱いです。軍規にはしっかり、「逃亡兵は銃殺」と明記されています。

悪運の強いゴムージが殺されなかったのは、逃亡兵ではなく遭難兵《そうなんへい》として復帰したからです。

オースティンの降伏が目前だったあの状況で、軍規を守って彼を殺すのは非合理的だと判断したガーバック小隊長一世一代の激甘裁定だったのです。

……逃亡は、銃殺されるべき重罪なのです。

『こちら、ヴェルディです。貴小隊以外にも複数部隊で、行方不明者が出ている様子です。トウリ衛生兵長も捜索に参加し、ラキャ二等衛生兵が捕縛《ほばく》か銃殺された場合は本人確認を行ってください』

『了解しました』

ヴェルディ少尉は優しい人ですが、それでもきっと軍規は順守するでしょう。

たとえ生きて捕縛されたとしても、彼女に待っているのは処刑です。

そこはキッチリしないと、脱走兵が増えてしまうからです。

「……どうして」

ラキャさんも軍規についての講義を聞いていたはずなのに、どうして逃亡したのでしょうか。

殺される危険を冒《おか》してでも、軍から逃げ出したくなった……のでしょうか？

ですが訓練が辛いだけで、処刑される危険を冒してまで逃走などするでしょうか。

本人が何かしら、上層部が納得できる理由を持っていれば良いのですが……。

「自分が、最初に発見できればあるいは」

深呼吸した後、自分はラキャさんの逃走経路について考えてみました。

まず士官学校の出入り口には歩哨《ほしょう》がいるので、正面突破は難しいでしょう。

出入口以外から脱出するには、士官学校をぐるりと囲む三メートルほどの壁をよじ登らねばなりません。

だから壁沿いにたくさんの兵士が集まって、捜索が行われています。

この状況でラキャさんがまだ見つかってないのは、もしかしたら……。


「――あ」


「く、来るなっ‼」

自分はラキャさんが校内に隠れているのではないかと考え、士官学校内の細い路地を捜索して回りました。

その勘は見事に当たったようで、

「あれ、女の子？」

「げ、げぇ……。トウリ小隊長じゃん」

「嘘、コイツ小隊長⁉」

捜索開始から二時間、とうとう自分は見つける事ができました。

三人の、軍服を着た新兵――。

ラキャさんと見知らぬ二人の少年兵が狭い路地に隠れ、固まって身を潜《ひそ》めている姿を。

「……く、来るな！　来たら撃つ！」

「う、う……。ごめんなさい、ごめんなさい」

どうやらラキャさんの脱走は、少年兵たちと共謀《きょうぼう》しているようでした。

背の高い赤髪の少年が自分に銃口を向け、ラキャさんともう一人は彼の陰に隠れて怯《おび》えています。

「……」

血の気が引くのを感じました。

銃という兵器は恐ろしい。彼が引き金を引いた瞬間、自分の顔は木《こ》っ端《ぱ》みじんに吹っ飛ぶでしょう。

「そ、そのまま両手を上げて背を向けろ。余計な真似さえしなければ、拘束するだけですませてやる」

「……」

少年兵は、震えた声のまま自分に投降するように呼びかけました。

自分は彼に従って、両手を上げて敵意が無い事をアピールします。

「こうでしょうか」

「あ、ああ。そのまま背中向けて、一歩づつ下がってこい」

この時の自分と彼の距離は、十メートルほどでした。

銃を持った敵に、勝てる距離ではないですが……。

「……」

「おい、早く来い！」

このまま彼らに拘束されるのは、マズいです。

上官への反逆行為が追加されるので、ほぼ確実に処刑されます。

彼らを救うために、何とかここで説得しないと。

「……あの、赤髪の方に質問です。そう、銃を構えている貴方です」

「何だ」

「貴方、まともに人を撃ったことがありませんね？」

自分の言葉に、少年兵は動揺した様子を見せました。

思ったとおり、彼らは徴兵《ちょうへい》されたての新兵のようです。

「銃の持ち方がめちゃくちゃです。その構え方では、自分に弾を当てられませんよ」

「う、うるさい‼　だったら撃つぞ、試してやろうか」

「撃っていいんですか？」

自分は内心の焦りを抑えて、不敵にほほ笑みを返します。

彼の銃口が狙っているのは、自分の頭部です。

もし当てられたら自分は即死なのですが……。

「銃声が響いた瞬間、ここに兵士がわんさか押し寄せますよ」

「……っ！」

彼は反動を考慮せず、まっすぐ狙いを定めていますね。

自分が以前マシュデールで狙い撃ちした時は、目標から数十センチ外れて着弾しました。

あの銃の角度だと、さすがに初弾は外れるでしょう。そう気づくと、少しだけ冷静になれました。

「赤髪の貴方。貴方が構えているその銃は、どういう銃か知っていますか」

「んだよ、それくらい知ってるよ。オースティン産の量産銃で、ＯＳＴの３型――」

「そういうことを訊いてるんじゃありません。……その銃を運ぶため、どれほど血が流されたかご存じですか」

冷静になった後、自分は少年兵を見据えて。

マシュデール撤退戦の、悲しい記憶を幾《いく》つも思い出していました。

「その銃は、おそらくマシュデールから輸送されたものでしょう。我々西部戦線から撤退した兵士が、命がけで守ったものです」

「……っ」

「貴方が脱走の行きがけの駄賃《だちん》で持ち出そうとしているソレは、誰かが命懸けで輸送した銃です」

彼らの持っている銃は、マシュデールでロドリー君が新規に支給されていた銃と同型でした。

おそらくは、マシュデールに蓄えられていたものでしょう。

「祖国のために散った兵士の想いのこもったその銃を、自分《みかた》に向ける罪の重さ。貴方はそれを、理解していますか」

「や、やかましい。黙れ！」

「……」

「そんなもん、俺の知った事かぁ！」

少年兵にそれとなく罪を自覚させようとしたのですが、結果は失敗のようでした。

……何とか糸口を見つけて、投降させたいのですが。

「ラキャさん。貴女は軍規を知っていますよね」

「ぐ、軍規ですか」

興奮させてしまった少年兵は放って、一旦ラキャさんの説得に挑戦してみることにしました。

彼女が逃亡しようとした理由を訊き出せれば、何かしら対処はできるかもしれません。

「逃亡兵は銃殺であることは、ご存じですよね。……なのにどうして、こんな無謀な脱走なんか」

「……えっ？」

基本銃殺という言葉を聞いて、ラキャさんの顔が真っ青になりました。

あれ、知らなかったのでしょうか。

「ラキャは目を開けて寝れるからな。聞いてなかったんだろ」

「え、えっ⁉　このままだと私、殺されるの⁉」

「このままですと、そうなりますけど」

軍規については入隊時にきっちり説明があったはずですが、彼女は聞き逃していたようです。

そこまで覚悟を決めての逃走で無いのならば、説得の余地はあるかもしれません。

「バカ、このまま軍にいたって殺されるだけだろうが！」

「……で、でも！　ああ、嘘ぉ」

「脅そうったってそうは行かねーぞ！　俺だっていつでも、お前を殺せるんだからな！」

赤髪の少年が、不安げなラキャさんを宥《なだ》め始めました。

もう一人の男も、ガタガタ震えつつラキャさんを庇《かば》っています。

その二人の、妙にラキャさんと親し気な態度はもしかして。

「貴方たち三人は、もしかして昔からのご友人ですか」

「学校の友達です。昨晩、一緒に逃げ出そうって誘われてぇ……」

「ははぁ。それで」

なるほど。ラキャさんは自発的に脱走したのではなく、背後の少年兵二人に誘われて逃亡兵になったのですね。

まだ脱走するだけの理由もないのに、変だと思いました。

「うるさい、探りを入れるな、黙れ。背を向けたままこっちに来て座れ、さもなくば殺す」

「貴方たちこそ、おとなしく投降しませんか。……今ならまだ間に合います。この状況を他の捜索部隊に見られたら、射殺されますよ」

「うるっせえ、こんなイカれた軍にいられるか！　もうたくさんだ！」

だとすれば、背後の少年兵二人に脱走する理由があったことになりますが。

……何が、ご不満だったのでしょうか。

「ちょっと口答えしただけで殴る蹴る、俺たちは上官のストレス解消の玩具じゃねぇ！」

「あんなキツい訓練、毎日できるわけないでしょ！　後方勤務と聞いていたのに騙《だま》されたぁ！」

「命がけの戦場に駆り出されて、あんなゴミ以下みたいな扱いを受けてまで国に尽くす気ねーよ！」

……。

そういえば最近すっかり麻痺《まひ》していましたけど、自分もガーバック小隊に入った直後はあの苛烈な暴力に不満を持っていましたっけ。

おそらくこの二人も、ガーバック小隊長みたいな上官に当たってそういう扱いを受けたのでしょう。

「お前は女だから殴られたことないかもしれねーけど、男の扱いは本当に悲惨《ひさん》で――」

「いえ、自分もよく全身骨折するまで暴行されましたが」

「……」

「軍隊は男女平等ですよ」

しかし、そればっかりはどうしようもありません。

おそらく彼らの上官も、部下の手綱《たづな》を握ろうと必死なのでしょう。

褒《ほ》められたことでは有りませんが、暴力という手段にうったえてでも命令に逆らわぬ兵士を育成しないといけないので。

「……あー。そういやトウリ小隊長、私が遅刻したせいで顔面腫《は》れ上がるまで殴られてたわ」

「……なあ。あんたも一緒に逃げないか？」

「いえ」

ガーバック小隊長に慣れすぎて、自分は耐性がついていましたけど。

一般の感覚からしたら、滅茶苦茶《めちゃくちゃ》ですよねアレ。

「そうですね、ではラキャ二等衛生兵。貴女が投降した場合、望むのであれば体力訓練を免除してもよいですよ」

「へ？」

「貴女だけ特別に免除します。衛生兵としての訓練は参加していただきますが」

「え、良いんですか⁉」

「お、おいラキャ！」

少年兵二人に関しては、自分の管轄外《かんかつがい》です。

ですが、ラキャさんの不満に関しては自分に解決するだけの権力があります。

「ええ、構いません。ですので、投降していただけませんか」

「え、あ、でもぉ」

「おい馬鹿、騙されんな、どうせ嘘に決まってる！」

「少年兵のお二人も。……その扱いは新兵のほとんどが通る道です」

できるだけ優しい口調で、自分は三人の逃亡兵に語り掛けました。

ここで上手く説得できれば、銃殺処刑を回避することができるかもしれません。

「貴方たちが脱走を企ててから随分時間が経っていますが、まだ士官学校から抜け出せていないということは、逃走経路を確保できなかったのでしょう？」

「む、む」

「こんな分かりやすい場所に隠れていて、いつまでも見つからないとお思いですか？　このままですと、貴方たちは死にますよ」

「そんなの、分からないだろ……」

「投降をお勧めします。自分も貴方たちの小隊長に口添えしますので、もう少し頑張ってみませんか」

自分はできればこんな場所で、同年代の部下を失いたくないのです。

「う、うるせえ、信用できるか！　てかもう俺たちは銃殺なんだろ⁉　今更投降できるわけが……！」

「ここで銃を下すのであれば。貴方たちは逃亡なんて企ててなかった。別の深い事情があった。そういう事にしてあげますよ」

「え？」

「無論バレたら自分も銃殺されますので、口裏はしっかり合わせてくださいね」

……逃亡を手助けするわけにはいきませんが、自分にも彼らの気持ちはよくわかります。

ヴェルディさんも優しい方なので、ちゃんとした大義名分を用意しておけば何が何でも殺そうとしないでしょう。

「ここで自分を射殺して逃げ出したところで、待っているのは処刑でしょう。どうか冷静になって、やり直してみませんか」

「……」

自分はそういうと、なるべく優しい声を出して。

「貴方たちの気持ちも、よくわかりますので」

そう、説得してみたのでした。


「……彼らは逃走したのではなく、友人間で集って愚痴《ぐち》で夜を明かし、そのまま寝過ごしたと？」

「本人らはそう供述《きょうじゅつ》しております」

その後、自分はこの三人を連れてヴェルディ少尉の許に出頭しました。

自分が咄嗟《とっさ》に考えた、適当な方便を携えて。

「あのトウリちゃ……。おっほん。トウリ衛生兵長」

「は、何でしょう」

「その話を信じるのであれば、君はまたも部下の手綱を握れず、遅刻を許したということになるけど」

「はい。いかようにも罰してください」

「んー。はぁ……」

ヴェルディさんは、物凄《ものすご》く困った顔をしていました。

まぁ、嘘はバレバレでしょうね。自ら出頭したので恩赦《おんしゃ》してやってくださいという話です。

「トウリ衛生兵長。君への処罰は追って伝達する」

「了解しました」

「後ろの三人。君たちへの罰も同様だ、あとで再度呼び出すからそのつもりで。では各自、今すぐ所属部隊と合流して訓練を再開せよ」

ヴェルディさんは、あっさりと逃亡兵たちの部隊への復帰を許してくれました。

ただ、彼の顔からは『次はないよ』という強い圧力を感じます。

「……では失礼いたします」

自分はそんなヴェルディさんのご厚意に感謝しつつ、ラキャさんの手を引いて退室しました。

彼は今からアリア大尉やレンヴェル少佐など、怖い方々にさっきの事を報告しに行かねばなりません。

恐らくヴェルディさんは「自分の用意したバレバレの弁明」で頭下げて回るんだろうなと思われます。

……彼の優しさに付け込んだようで、申し訳ない気持ちです。

「……あの、本当に私って訓練をサボっても……?」

「ええ、参加しなくていいですよ。自分が体調不良と認定すれば免除して貰えますので」

「あ、そうなんですか」

ヴェルディさんの部屋から退室した後、ラキャさんが不安げな顔をしていたので安心させてあげます。

ええ、どうしてもというのであれば訓練に参加しなくても大丈夫です。

その話を聞くと、ラキャさんはウキウキとした表情に変わりました。

「そもそも、あの訓練自体がご厚意でやってもらっているものですから」

「……ご厚意?」

「ええ。訓練というのは、少しでも自分の死亡率を下げるために施されるものです。あの訓練をしっかり履修することで、いざ命の危険に陥った場合も生還できる見込みがぐっと上がります。本来あれらの訓練は衛生小隊に課されないものですが、今や衛生兵は希少兵科なので大事をとって訓練していただける運びになったのです」

そう。訓練には場所と時間がかかります。

教官を用意したり洗濯量が増えたりと、それなりにコストもかかります。

そんな手間暇をかけてでも、兵士の生存率を上げるために課されるものです。

「あれらの訓練は、貴女自身のためのものですよ。ラキャ二等衛生兵」

「……」

「しかし訓練のせいで脱走されるなら、自分はサボりにも目を瞑《つむ》ります。いざという時に損をするのはラキャ、貴女だけです」

「……」

「そして無論、実戦の時に訓練不足でついてこられなければ、見捨てられることも念頭においてください」

訓練は軍に利益をもたらしません。兵士に利益をもたらすのです。

「いざ、戦争で死を目前にした時。今日の訓練をサボってしまったことを、死ぬほど後悔しても遅いです。それを理解した上で訓練に参加しないのであれば、自分から言うべき事はありません」

その有難い訓練を拒否するのであれば、まぁそういう兵士であると扱うのみです。

「……。ご、ごめんなさい、やっぱり参加します……」

「それは素晴らしい」

自分が本気で訓練に参加しない場合、本気で見捨てられることを悟ったのか。

ラキャさんはげんなりした顔で、項垂《うなだ》れてそう答えました。

一九三八年　夏　17

TSMedic's Battlefield Diary

「……空振り、か」

夜、露店《ろてん》通りから人通りが消え、静まり返ったころ。

私は教えられたとおり、風俗街を取材して回っていた。

「誰も買収に応じないとは、誤算だった」

結局昼の取材では上司が摑《つか》んだ特ダネ、首相のスキャンダルの情報を入手できなかった。

ホテルマンがトボケているのかもしれないが、そもそも首相がホテルを借りたという情報すら出てこないのだ。

チップを更に弾もうとすると、逆に手で押し返されてしまった。

「まぁ、そういう口の堅いホテルじゃないと首相も不倫に使わないか」

恐らく、どれだけ金を積んでもホテルマンから情報は出てこないだろう。

そう踏んだ私は、さっさと夜の街に繰り出す事にした。

「娼婦《しょうふ》を外に連れ出せる高級店は二つ。どっちも当たるしかないな」

上手《うま》く証拠をつかめれば、政府をゆするネタにもなる。

そうすれば、ウィン・マンスリーハート社も潤《うるお》う。

私がやっているのはそういう、人の闇を暴く蛭《ひる》のような仕事だ。

「……情報を持ち帰らなかったら、またドヤされるだろうな」

やる気は出ないが、生活のためにはやるしかない。

それが、雑誌記者の仕事である。

首相が不倫していたところで何人が損をするのかは知らないが……。

「とりあえず、近い方から行ってみるか」

私は露店のオヤジの紹介状を手に持って、高級店へと足を運んだ。


「……」

次の日の朝。

私は寝ぼけ眼《まなこ》を擦り、ホテルの自室のベッドに突っ伏した。

「駄目だ」

昨晩は夜どおし酒場をはしごして回ったが、ロクな情報は得られなかった。

酒場で首相を見た客は、一人もいなかった。

また風俗店のボーイに金を握らせてみたが、首相が女を買って部屋に呼んだという情報は出てこなかった。

「女を買った訳じゃないのか……？」

首相の逢引《あいびき》は商売女ではなく、一般女性との不倫なのかもしれない。

だとすれば取材には、相手の女の情報が必要だ。

今の手持ちの情報で、これ以上の取材続行は不可能だった
「全部空振り、か」

このまま会社に戻れば、また怒られる。

今から部長の小言が聴こえてくるようで憂鬱《ゆううつ》だった。

そもそも、本当に首相はパッシェンに来ていたのだろうか。

彼がここに来たという、足取りさえ摑めていないのない。

「……」

私は失意を胸に、ベッドの上で寝息を立てた。


「お客様、チェックアウトのお時間です」

「……ああ、ありがとう」

数時間後、私はホテルマンに叩《たた》き起《お》こされた。

電車に遅刻しないようにという、向こうの気遣いだろう。

「すぐに部屋を引き払うよ」

起こしてもらって助かった。

列車に乗り遅れたら、鉄道で首都に帰れない。

私は急いで荷物を纏《まと》め、会計を終えてホテルを出た。


「昼食をとるくらいの時間はあるか」

乗車券を買うと、首都行きの列車の出発は一時間後だった。

これなら、簡単な食事を摂《と》る時間がありそうだ。

「だが、どこも人が並んでいるな」

ただ昼飯時だったからか、露店は昨日より賑《にぎ》わっていた。

家族連れや団体客が、大通りを行き来している。

本来はいつも、これくらいの賑わいなのだろう。

「……」

さすがに、人気店の行列に並んでいる時間はない。

短時間で料理が出てきそうな、空《す》いている店を探さないと。

万が一、今日も列車に乗り遅れて帰れないなんてことになったら大顰蹙《だいひんしゅく》だ。

「むぅ」

そして、明らかに空いている店が一つ、その大通りにポツンとあった。

ウェイトレス服のマネキンがある、奇妙な店だ。

私は、その店の料理がすぐ出てくることを知っていた。

「あの店で、一番安いメニューを頼むか」

ゆっくり、パッシェン料理を楽しむ時間はない。

あの店は割高なだけで、ちゃんと料理は美味《おい》しい。

どうせ、食費は会社持ちなのだ。

「店主、昨日ぶり」

「ああ、また来たのか」

私は妥協して、そのウィン料理の店に再び入った。

昨日と同じように座っていた、店主に声をかけた。

「安くてサッと出てくる料理を頼む。お勧めはあるかい」

「毎度。スープならすぐ出せるよ」

「じゃあそれで」

私は店主に促《うなが》されるまま、席に着くと。

手荷物から日記帳を取り出して、その続きを読み進めた。


【日記に挟まった小さな紙片】

『迷惑をかけてごめんなさい。ローヴェたちの事も、どうか許して』

西方行軍 1

TSMedic's Battlefield Diary

【十月一日　夜】

ラキャさんを連れ帰って、訓練に合流をした後。

夕方、再度ヴェルディさんに呼び出された我々への罰は、十枚ほどの反省文を書かされるだけで済みました。

そして、ラキャさんをみっちり指導するようにとお達しを受けました。

「ま、実際のところよくある事なんだ」

聞けば士官学校では、新入生が訓練に耐えかねて逃亡するのは恒例行事らしいです。

なのでレンヴェル少佐も『今年は逃亡兵が何人出るかな』と笑いながら、しっかり士官学校の警備を固めていたのだとか。

無論、逃亡兵が銃器を持ち出している場合は追手《おって》の安全確保のため射殺許可が出ます。

しかし、説得に応じ自分から帰ってきた場合は基本的に処刑しないそうです。

「この俺に恥をかかせやがって!!」

この件では自分とラキャさんの他に、二人の少年兵の上官であろう強面《こわもて》の軍人さんも呼び出されていました。

彼はヴェルディ少尉《しょうい》に敬礼して退出した後、廊下で二人を蹴飛ばしました。

「てめぇらのせいで俺のメンツは丸潰れだ！」

そしてラキャさんの友人二人の顔は、痣《あざ》だらけになっていました。

どうやら二人とも、かなりの暴行を受けたようです。

「あ？　貴様《きさま》ら、何を見てやがる！」

「ひっ……」

その兵士は苛立《いらだ》たし気に、自分とラキャさんを睨《にら》みつけます。

歳《とし》は四十歳ごろでしょうか？　それはくるくると巻いたパーマの、筋骨隆々な髭《ひげ》の兵士でした。

「あの、上官殿」

「あん？　何だぁテメエ」

自分は恐る恐る、強面《こわもて》の彼に話しかけました。

恐ろしいですけど、彼らの小隊長に口添えをするよう約束しましたので仕方ありません。

「自分は、本軍の衛生小隊長を務めているトウリ衛生兵長と申します。この度は自分の部下が、貴小隊のメンバーにご迷惑をおかけしました」

「お？　……んだよ、そのナリして小隊長か」

「はい」

さて、この方はどういうタイプでしょうか。

見た感じガーバック小隊長と同類に見えますが……。

「ふーん？　衛生小隊のトップは少女兵と聞いていたが、マジだったんだな」

「まだ若輩《じゃくはい》ではありますが、誠心誠意、職務に準じる覚悟です」

「そうか」

少し、この人の方が偉そうというか、傲岸《ごうがん》な気がします。

ガーバック小隊長殿は、もっと純粋に暴力的な感じでした。威張り散らす真似《まね》は……時折しか、しなかったです。

「ところで上官殿。少しお話があるのですが、お時間よろしいでしょうか」

「あ、俺にか？」

「はい」

……自分はそんな方に、手心を加えるよう要請しなければならないのですか。

逆切れされて、自分までボコボコにされなければ良いのですが。

「何の用だ？」

「大した用ではないのですが。現状の衛生小隊の状況を鑑《かんが》みての、お願いになります」

「……ふん？」

まぁ、約束してしまったものは仕方ありません。

それっぽい理由をつけて、言いくるめてしまいましょう。

「見た感じ、貴小隊のお二人はかなりの重傷に見えるのですが」

「それがどうした」

「その。現状、衛生小隊の戦力的に、今までどおり体罰指導を続けられると仕事が回らなくなります」

「あ？」

自分は申し訳なさそうな顔で、上官殿に頭を下げました。

「そこにいるラキャを含め、衛生小隊に衛生兵――回復魔法使いは四人しかいません。しかもそのうち、二人は素人《しろうと》です」

「おいおい、そんな状況なのか」

「はい。ですので、各歩兵部隊の小隊長殿に今までどおりの指導をされてしまうと、治療が間に合わず軍事行動をとれなくなるでしょう」

自分の言葉に、彼は顔をしかめました。

嘘《うそ》は言っていません。

「なので、今までどおり激しい体罰を行っている方を見かけた場合、お声かけさせていただいております」

「ふむ……、衛生兵の補充はいつ来る？　そんな有様で、まともに衛生部が機能するとは思えんが」

「はい、准尉《じゅんい》殿。南部方面軍と合流できれば、まともな衛生部を組織できると思います。あるいは、後詰《ごづ》めの本隊にはそれなりの規模の衛生部が設営される予定です。それまでは、この貧弱な衛生小隊のみで軍の医療面を運用せざるを得ない状況です」

「……分かってはいたが、オースティン軍はなかなかに苦しいのだな」

男は面白くなさそうな顔ですが、一応は納得したような顔になりました。

これで、多少は体罰が軽くなってくれればよいのですが。

「うむ、ならもっと肉体的ではなく精神的な罰に切り替えるとしよう。衛生小隊の要請は承諾した、今後もよろしく頼むぞ」

「ご、ご理解いただけて幸いです」

そう言うと彼は、意地の悪そうな笑顔を浮かべました。

……精神的な罰に切り替える、ですか。

「体罰の方がマシだと思ったが、衛生小隊長がそういうのであれば仕方ないな。よし」

「ほ、程々《ほどほど》にしてあげてくださいね」

「馬鹿を言っちゃいかん。適当な指導をされて命を落とすのは、こいつらなんだぞ？　俺は遠慮なく、最大限の教育を施すだけだ」

そんな上官の言葉に、二人の少年兵は顔を真っ青《まさお》にしました。

もしかして、余計な事を言ってしまったでしょうか。

「身体《からだ》は治療すれば治るが、精神《こころ》はなかなか治せない。……壊れるなよ、小童《こわっぱ》ども」

まぁただ、実際体罰を繰り返されると業務に大きく支障が出てしまいますので。

精神的な罰というものがどんなのか知りませんけど、耐えられる内容であることを祈るのみです。


「それぱっかはどうしようもねぇよ、トウリ」

夜。自分は、脱走兵についての一連の話をアレンさんに相談しに行きました。

果たしてこれでよかったのか、他にどうすべきだったかの助言をいただきたくて。

「その小隊長がやってるのは、軍で普通の指導だ」

「はい」

「脱走させないために体罰を軽くして甘やかしたところで、いざ実戦を知ってしまえば新兵は逃げ出しちまう」

アレンさんは難しい顔で、自分の相談に乗ってくれました。

「かくいう俺も、理不尽に怒られて上官を死ぬほど恨んだこともある。だが、戦場ってのは上官なんかよりずっとずっと理不尽だ」

「……」

「気の良くて真面目《まじめ》なヤツが、セオリーどおりに壁に張り付いて丁寧な偵察をして、運悪く転がってきた手榴弾《しゅりゅうだん》で爆死する事がある。下品で適当な性格の奴《やつ》が、上官命令を忘れて寝過ごして、その結果部隊で一人だけ助かるなんて事もある」

この時のアレンさんは何処《どこ》か、実体験を話しているように見えました。

「理不尽に慣れるって意味でも、積極的に介入せず放《ほう》っておけ。ソイツの腕が確かなら、一ヶ月以内には従順で生意気な兵士二人ができ上がるはずさ」

「なるほど」

オースティンの新兵には、種類がいくつか存在します。

まず、士官学校を卒業してきっちり兵士としての心構えやスキルを身に着けているエリート新兵。

士官学校は出ていないものの、自ら志願しそれなりの期間訓練を受ける事ができた普通の新兵。

そして、徴兵《ちょうへい》されたまま訳も分からず送り出された素人。


素人でも銃を構える事ができれば戦力になってしまうので、西部戦線の後期では補充速度を優先し、ガンガン素人を戦場に送り続けてきました。

その名残《なごり》で、今回の徴発でも素人が大量に動員されてしまったのです。

そんな彼らを成長させるべく、各小隊長は必死で指導しているのでしょう。

「ありがとうございました、アレンさん」

「おう」

だとすれば自分がすべきは、他の部隊の新兵を暴力から守ることではなく。

自分の部下として配属された、ラキャさんやアルノマさんを訓練して生存率を高めてあげることです。

彼らにとっては過酷な訓練でしょうが、それが彼らの命を助ける事になります。

それを邪魔する方が、彼らにとって不利益となるのでしょう。

【十月四日　朝】

過酷な訓練の日々が終わり。

とうとう自分たちに、出発の時がやってきました。

「見よ兵士たち。この一片の曇《くも》りもない青空を！　晴天の日に出陣するのは、太古の昔より必勝の予兆とされる。これは我々の行く先に、曇りなき栄光の輝きが待っていることを示した素晴らしい天気だ！」

レンヴェル少佐は演説を行い、兵士の士気を高めています。

彼の背後には、キリっと姿勢を正すアリア大尉《たいい》の姿も見えました。

「我々は、サバトの悪鬼《あっき》に鉄槌《てっつい》を下さねばならない。それは正義を示すため、そして大事な我らの同胞を守るため。神は、そんな我々の大義を祝福してくれている！」

そして我々の見送りのため、数多くの市民たちが城門に集まっていました。

涙を流しながら、兵士に向かって手を振っている年配の方々が大勢《おおぜい》見受けられます。

「さあ進め、勇敢《ゆうかん》な兵士たちよ！　全てを終えてこの首都に凱旋《がいせん》するその日まで、我らは一心同体の兄弟である！」

そのレンヴェル少佐の掛け声とともに、我々オースティン軍は首都ウィンを出立《しゅったつ》したのでした。


「……あの体力訓練、実際の移動距離とほぼ同じに設定されていたんですね」

移動予定表を見て、気付いたことが有ります。

それは進軍速度が、訓練中に走っていた距離とほぼ同じだということです。

「ぜー、ぜー」

「なるほどね。あの訓練は体力を付けるだけではなく、ついてこられるか試す目的もあったんだね」

衛生小隊は、戦闘員ではないので体力は必須ではありません。

しかし最低、進軍についていけないと困るのです。

「無理ぃ。もう、足が、パンパンよぉ……」

「む。ラキャ君、私が背負って走ろうか」

「それは許可できません。アルノマさん、貴方《あなた》だってギリギリのはずです」

「足が痛ぁい……！」

女子供の多く交じったこの部隊は、進軍についていくだけでも一苦労。

あの訓練についてこれない兵士は、置いていくつもりだったのかもしれません。

「どうしてもとなれば、輸送部隊にお願いして軍荷《ぐんか》の上で搬送《はんそう》してもらいます。ですが、それは最終手段にしましょう」

「……うー」

「文字どおり、お荷物扱いされたくなければ気合を入れて走ってください」

後方には、衛生小隊の他に様々《さまざま》な非戦闘系の部隊が配置されています。

中でも物資の輸送に特化した、荷車を引き移動する輜重兵《しちょうへい》部隊は戦場の陰の主役です。

「だ、騙《だま》されたわ。こんなの詐欺《さぎ》よ、騙されてとんでもない所に志願しちゃったわ」

「奇遇ですね。自分もです」

西部戦線までの兵站《へいたん》輸送には鉄道が使われていましたが、鉄道のない場所には未《いま》だに荷車を引いての移動がメインです。

トラックなど自動車も開発されているようですが、高価なためまだほとんど実戦投入されていません。

なので兵站は、まだ人力や馬車などで輸送しているのが現状です。

「キツかったら無理せず、輸送部隊の人にお願いした方が良いよラキャちゃん。彼らも女の子を運ぶ分には、そんなに怖い顔をしないハズさ」

「でも輸送部隊の人たち、荒っぽいし下品だからスケベな悪戯《いたずら》されそうで……」

「まぁ、負傷したベテラン歩兵がメインだからな。そりゃあ荒っぽいさ」

因《ちな》みに、輜重兵部隊は体力勝負なので筋肉モリモリな男性だらけです。

その多くが、腕を撃たれたり片目を失ったりして前線にいられなくなった元歩兵です。

そんな場所に動けなくなった女性兵士が放り込まれたら、そりゃあセクハラの嵐となるでしょう。

「女性だらけの輸送部隊とか無いの？」

「ありますけど、本当に女性だけですからね。力仕事なんてお願いできませんよ」

一方で女性のみで構成された輜重兵も存在してはいます。

それは、炊事洗濯などを行う『洗濯兵』などと呼ばれる人たちです。

洗濯兵は毎日毎日、手作業で洗濯を行って兵士たちに清潔な軍服を支給してくれる役割です。

「むしろ、その洗濯兵さんこそ輸送されてんじゃないかな。洗濯兵も新兵だらけでしょ」

「一応、体力自慢を集めたとは聞いたけど……。女性メインの部隊はキツいだろうね」

「あまりに脱落者が多いと、進軍速度を落とすことになります。到着が遅れると南部軍に迷惑をかけちゃいますので、頑張ってついていきましょう」

おそらくこれからは、この行軍速度で移動し続けることになります。

ラキャさんたちには、慣れてもらわねばなりません。

「うえええぇーン」

「頑張ってください、ラキャさん」

……まぁ衛生小隊にとって、本当にきついのは移動ではないのですけど。


【十月四日　夜】

この日の我々の移動距離は、十キロメートル強でした。

十キロメートルと聞くと大した移動距離ではないように感じますが、重装備を背負って整備されていない道を歩かされれば凄《すご》い疲労になります。

「日が暮れたー!!」

「ご飯だ、やったぁ！」

周囲が暗くなると、その日の進軍は終わりです。夜間行軍は偵察兵《ていさつへい》の負担が大きいため、休む方がむしろ進軍効率が良いのです。

「うぅ、スープ。やっとスープが飲めるわ」

「もうへとへとだよ」

マシュデールからの撤退戦を経験している自分は余裕がありましたが、衛生小隊の皆さんはバテて倒れこんでしまいました。

体力の限界、といった感じです。

「申し訳ありませんが、これからが本番ですよ」

「はぁ、はぁ。まだ何かすることがあるのかい、小さな小隊長」

「ええ」

今から歩兵の皆さんは、明日の進軍に備えて寝床を確保し休養するのでしょう。

周囲の兵士は火を起こしたり、穴で寝床を作ったりと、休養モードに入っていましたが。

「……また、座学ぅ……？」

「いえ、仕事です」

残念なことに我々は、休むことはできません。

むしろ今からこそ、我々の仕事が始まるのです。

「転倒して足を負傷した歩兵と倒れこんで嘔吐《おうと》をしているらしい洗濯兵が、まもなく診察を受けに運ばれてきます。各自、治療の準備を開始してください」

「……わーお」

「今日は戦闘が無かったのでこの人数ですが、もし敵と接触があればもっと大量の負傷者が押しよせます。この程度でへバっている余裕はないですよ」

そう。我々はただ、マラソンするために先行部隊に配属されたのではありません。

軍全体の負傷者を治療するため、ここにいるのです。

「よし、頑張ろうか。エルマ、点滴の準備を」

「……私に命令しないで」

「今から……仕事……?」

「あは、ははは。さすがの私も、ちょっと後悔してきたぞ」

衛生部は安全な場所に配置され、食事も優遇されたりしている部署です。

その代わりほとんど休憩が無く、全兵科でもトップクラスの忙しさを誇ったりもします。

「ふむ。皆さん、患者さん二名追加だそうです。指導の際の激しい体罰で、歯が折れた兵士が診察を希望しているようです」

「……ええ？」

「この体罰指導を行った上官には、あとで抗議文を出しておきましょう。では、今日はアルノマさんとラキャさんに最初から問診を行ってもらいます」

さて、今夜もそれなりの数の負傷者が送られてきそうです。

負傷者の数が少ないうちに、新兵二人をしっかり育てていきましょう。

「……こら、点滴の針を手で触ったでしょう。そんな不潔な管理をどこで習ったの」

「すみません、エルマ看護長！」

「秘薬は、秘薬はーっと」

「ケイルさん、今日は使わないでおきましょう。在庫に限りがあるので、節約していくべきです」

「あ、すまない。マシュデール攻防戦の習慣でね」

衛生部の仕事は、決して楽なものではありません。

何なら、命の危険がないだけで全部隊で最も過酷な労働環境と思われます。

こんな毎日を過ごす中で、少しづつ体力を付けていってくれると助かるのですが。

「……本当に騙された」

「……ふぅ。愚痴《ぐち》っても仕方ないさ、行こうラキャ君」

こうして。

出陣して初日は、負傷者がそこそこの数やってきました。

その大半が上官からの暴行だったりします。

加減を間違えた上官の体罰のせいで、自分たちは遅くまで仕事を続ける羽目になったのでした。

「……少しは加減して、ケガしないように殴るとかできないのかね」

「あー、もう、無理ぃ……。シャワー浴びてあったかいお布団にくるまりたーい……」

新兵さんたちの眼《め》の光がどんどん消えていきます。

その様子は半年前の自分を見ているようで、ほっこりした気分になりました。


【十月六日　夕方】

首都を出発して二日目。この日、最初の戦術目標が自分たちの目の前に現れました。

それは山の間を覆う、苔《こけ》の生えた岩造りの砦《とりで》。

ガーバック小隊長が殿《しんがり》を務めた砦――――ムソン砦です。

「皆さん、ここからは警戒区域です。敵襲の可能性があるので、周囲を警戒してください」

「え、敵襲？　戦闘になるかもってコト!?」

現在ムソン砦の周辺は、サバト軍の勢力圏とされています。

我々にとって最初の目標は、この砦の再奪還でした。

ムソン砦は首都ウィンの玄関口、いつまでも敵に占領させておくわけにはいきません。

「……はい、了解しました」

「どうしたの？　トウリ小隊長」

敵の勢力圏に入ったので、周囲を警戒しながら進んでいったのですが。

ムソン砦の戦闘区域に入って間もなく、アリア大尉から連絡が届きました。

「ムソン砦に敵影なし。既に撤退している様子だそうです」

「なんだ〜、ビビって損したじゃない」

どうやらサバト兵は、既にムソン砦から撤退したようでした。

まあサバト軍は、補給線を脅《おびや》かされている状況ですからね。

こんな敵の本拠地のど真ん中を、命懸けで維持する必要は無いのでしょう。

「先行部隊は、このままムソン砦の周辺を確保するそうです」

「ほう」

「そして我々アリア大隊は、首都から派遣される防衛隊に引き継ぐまで、ムソン砦を占領しろとお達しを受けました」

「つまり？」

「我々は今夜、ムソン砦で夜を明かすことになりますね」

ムソン砦とウィンまでの距離は、足の速い人なら半日で移動できます。

重装備を背負った我々歩兵部隊ですら、たった二日の強行軍で辿《たど》り着《つ》けました。

今から通信で首都に防衛隊派遣を要請すれば、明日の朝には引き渡す事ができるでしょう。

「じゃあ、今日は屋根がある場所で寝られるのね。やった」

「快適さは期待しない方が良いですよ。サバト軍が、清掃や死体の処理をしてると思えないので」

「……へ？」

我々が所属するアリア大隊には、非戦闘員が多めです。

そんな我々がムソン砦で夜を過ごす権利を与えられた、ということはつまり。

「要はムソン砦が、清掃しないと寝床にできる状態ではなかったのでしょう。後方部隊に明け渡されたということは、この砦を占領した先行部隊が寝床にするのを嫌ったという事です」

「ええ……」

この砦に籠《こ》もって、サバト軍を迎え撃ったのはあのガーバック小隊長です。

多勢に無勢とはいえ、彼ならばきっと獅子奮迅《ししふんじん》の抵抗を見せたでしょう。

恐らく、埋葬《まいそう》前の敵味方の死体が山積みされていると予想されます。

「そういった耐性のない人は、覚悟を決めて砦に入ってくださいね」

「……いやぁ～」

そう。

つまり、この砦には――

『ん、じゃあな』

あの、西部戦線で最強と称されたエースの一人が眠っているのです。

【十月六日　夜】

「う、うううぅぅ……。こんなの酷い」

「これは……、目を覆いたくなるね」

ムソン砦の中は、思ったより綺麗《きれい》な状態を保っていました。

砦の壁に激しい損壊が見られ、爆発痕《ばくはつこん》や乾いた血痕《けっこん》がそこら中にありますけど。

「トウリ小隊長は、何で平気なの……？」

「衛生部にいると、ご遺体は見慣れますよ」

兵士の遺体はある程度纏《まと》められ、倉庫に放り投げられていました。

壁は崩落し、土と埃《ほこり》で部屋は汚れ、曇った星空が屋根の亀裂《きれつ》から覗《のぞ》けました。

「こんなに戦闘って激しいモノなわけ？」

「……きっと、砲撃魔法を受けたのでしょうね」

「驚いた。かの勇者イゲルは、魔法で城を更地にしたと聞くが……。この威力を見ると、あながち嘘ではないのかも」

ここに立て籠もった兵士は、わずか五十四名だけです。

なのにここまで戦闘痕が残っている事から、彼らがどれだけ奮闘したか分かります。

「食料庫、武器庫は無事みたいだね」

「地下ですからね。砲撃の影響を受けずに済んだのでしょう」

しかし、ムソン砦の全体が破壊されているわけではなく。

一部の施設は焼け残っていて、そのまま使用できそうでした。

「我々は、この食料庫を使って寝泊まりしていいそうです」

「おお、やった！」

トウリ衛生小隊はそのうち、ほぼ無傷だった食料庫を一つ割り当てて貰《もら》えました。

それは我々が優遇されているから……、という訳ではなく。

「じゃあ今日は、このまま寝ていいのね！」

「ええ、いいですよ。患者さんさえ来なければ」

単に、仕事に使うからです。

衛生部なので、清潔な部屋を割り当てられただけでしょうね。

「にしても食料庫、か。ほとんどスッカラカンだけど」

「マシュデールから撤退する時、この食料庫から物資はあらかた持ち出しています。ここに残った部隊のための食料は、一日分だけ。おそらく、ほとんど余りはないでしょう」

「……よく、死ぬことが分かってて残ったもんよね」

食料庫や武器庫は重要だからか、砦の一番奥深くに配置されていました。

なので、比較的その形を保てていたのだと思います。

「ダメね。ほどんど、空箱《あきばこ》ばっかり……。美味《おい》しそうなお菓子の」

「最後の晩餐《ばんさん》ですから。きっと、美味しいものを残していったのでしょう」

「……高級な酒瓶《さかびん》もある。死ぬ前に一杯楽しんだのかな」

「どんな気持ちで、これ飲んでたんだろうね。やっぱり、泣いていたのかな」

そんな、食料庫の部屋の隅に投げ捨てられていた酒瓶を、ラキャさんが拾い上げました。

その酒は、自分がよく知っている人物が好んでいた銘柄《めいがら》でした。

「……いえ。心底、楽しそうに笑っていたのではないでしょうか」

「トウリ小隊長？」

記憶の片隅にある、ガーバック小隊長の最後の姿が思い出されます。

恐らくその瓶は、別れ際に彼が手に持っていた瓶だと思われます。

「……」

そのお酒を飲んでいた小隊長殿の気持ちは分かりませんけれど。

あのときの彼は珍しく、機嫌良さげに顔を赤らめていました。

間違っても泣いたりはしていなかったでしょう。

「小さな小隊長。急に目を閉じて、どうしたんだい？」

「いえ、少し黙禱《もくとう》していただけです。ここで散った戦友たちに」

「……ああ、なるほど」

そういえばこういう時に、言うべき言葉がありました。

今は自分が小隊長です。せっかくなので、部隊の皆と共に死者の冥福《めいふく》を祈るとしましょう。

「よければ、皆さんも続いてください」

「おっ、なんだい」

「ちょっとした、儀式ですよ」

半年前。

初めてこの弔辞《ちょうじ》を聞いた時には、想像だにしていませんでした。

「ムソン砦防衛部隊五十四名の命は、我らの勝利の礎《いしずえ》になりました。自分たちが今日、この砦を確保できたのは彼らの命の結晶です」

「……」

「勇敢だった我らの戦友に、敬礼」

まさか自分が、あのガーバック小隊長へ祈る日が来るなんて。

「これで、儀式は終わりです。いつか自分が戦死することがあれば、黙禱くらいはお願いしますね」

「おい、縁起でもないことを」

「……それも、そうですね」

戦争に参加していると、自分の命がどんどん軽くなっていくのを感じます。

明日、敵に遭遇してうっかり死んでしまったとしてもまったく不思議ではないのです。

「では、診療に備えて清掃と物品整理を始めましょう。皆さん、よろしくお願いします」

この日は、昨晩よりも患者の数は少なめでした。

新兵の皆さんも、砦に残された兵士の遺体の埋葬や黙禱で忙しく、怒られるような真似をできなかったからでしょう。

あの鮮烈《せんれつ》すぎる小隊長の姿を思い出しながら、今夜はゆっくりと眠ることができました。


……後で、アレンさんから話を聞いたのですが。

ムソン砦で、ガーバック小隊長の遺体は発見されなかったそうです。

しかし、彼だったであろう――――サバトの言語で散々に罵倒《ばとう》された落書きまみれの、バラバラの肉片は砦の外門の前に散らばっていたのだとか。

その遺体の残骸《ざんがい》は、歩兵たちによって丁寧に葬《ほうむ》られたそうです。


【十月十日　昼】

我々はムソン砦を奪還した後、マシュデール撤退時のルートを逆行する形で進軍しました。

「このままいけば、僕たちはマシュデールに入ることになりそうだね」

「……市内で一泊くらいできるかしら」

衛生小隊である自分たちには教えられていませんが、恐らく次の目標はマシュデールの奪還と思われます。

あの都市を奪還すれば、戦略的にも精神的にも意義が大きいからです。

この軍には、マシュデール出身で行き場を失った難民が多く組み込まれています。

故郷を奪還することができれば、士気は大きく高まるでしょう。

「マシュデールに、敵が籠城してたらどうしようか」

「いよいよ、本格的な戦闘が始まる感じ？」

「いえ。その場合は無理をせず、南部軍との合流を待って攻略することになるでしょう。」

小隊メンバーはいよいよ戦闘かと、緊張を顔に浮かべました。

しかし、今の戦力だけでマシュデールに籠ったサバト軍を打ち破るのは難しいでしょう。

「ですが恐らく、敵はマシュデールも放棄しているでしょう」

「そうなの？」

自分は、サバトは撤退していると考えています。

マシュデールの占領を続けるのであれば、サバトは長い補給線を維持する必要があります。

南部の味方軍により補給路が脅かされている今、マシュデールに固執して全滅するリスクを冒すとは思えません。

「じゃあマシュデールの実家の様子を見に行けるかな」

「それは厳しいと思います」

「そっかぁ」

ただマシュデールを再占領しても、自由時間などは与えられないでしょう。

町中にたくさん魔法罠《わな》が残っていて危険ですし、火事場泥棒も頻発すると思います。

「まぁでも、故郷の街並みを再び見れるだけでも幸せか」

「そうですね。自分も、余裕があればノエルの様子を確認しに行きたいのですが」

「強行軍中で、わざわざ寄るのは無理だろうね」

同様に、自分がノエルの村を見に行きたいといっても、その要望がとおることはないでしょう。

何せノエルに寄るルートは、西部戦線方面に進むのに遠回りになります。

故郷の無事を確かめるのは、後続の主力軍にお任せするしかなさそうです。

そう言って、自分はケイルさんとため息をついたのでした。


【十月十二日】

……自分は未だ、どうも戦争というものを楽観視していたみたいです。

人間の悪意というものを、理解していなかったのかもしれません。

西部戦線の塹壕《ざんごう》では、敵味方どちらも死体を丁寧に埋葬していました。

それは疫病《えきびょう》を流行《はや》らせないためであり、同時に『自分が死んだとしても、そういうふうに扱ってほしい』という願いの表れでした。

人の命が軽い戦場であっても、ご遺体を弄《もてあそ》ぶような輩《やから》なんて滅多にいなかったのです。

────だから自分は、目の前の光景が信じられませんでした。

侵攻していくサバト軍に、いちいち遺体を埋葬している時間はないのは分かります。

勝ち戦で敵の死体をどう扱ったとしても、自分の身に返ってこないと考えたのかもしれません。

それがどのような軋轢《あつれき》を生むかなど、想像だにしなかったのでしょう。

侵略された村の様子を見に行くという事が、どれだけ残酷《ざんこく》なのか。

サバトの末端兵士の悪意は、どれほど深かったのか。

自分たちは今日、それを思い知ったのです。

「……」

「おい」

ムソン砦とマシュデールの間には、村落が点在していました。

それらの村は、首都とマシュデールを行き来する商人にとって休憩所だったそうです。

村人たちは農耕や牧畜で自給自足をし、旅人から収益を得てつつましく暮らしていました。

自分の故郷のノエルもそんな小規模な村の一つで、孤児院や教会が併設されたのどかな村でした。

「ぁ、あ」

「……ッ‼」

サバト軍が襲撃する瞬間まで、村を離れなかった人がたくさんいたのです。

地主から田園と牧場を借りていた貧しい村人は、避難したところで生きていく方法がありません。

金を稼ぐ手段を持たぬ農民たちにとって、田畑は命そのもの。

なので彼らの多くは、自分の村が焼かれないことを祈って、村に留《とど》まり生活を続けていました。

自分たちオースティン軍が、サバトの侵略を止めてくれることをただ信じて。

「何だ、これは」

ムソン砦を出発して二日目。

我々が進む道の途中に、小さな村落がありました。

「嘘よ、嘘。こんなの、あり得ない」

「落ち着いてください、ラキャさん」

「……私。この村に、来たことある」

道というものは村と村を繋《つな》ぐよう敷かれています。

なので自分たちは進軍するため、その村を横切る必要がありました。

「芋餅《いももち》が名産の、活気のある村だった」

「……」

「私は収穫祭の見物に、家族で遠出してきたの。母さんの友人がこの村に住んでて、泊めてもらった」

――――人っ子一人いなくなった、その村を。


ジトっとした粘っこい風が腐った肉や、道中にまき散らされた獣の糞便《ふんべん》の臭《にお》いを運んできました。

視界をふさぐほどの羽虫が、そこら中に集まりをなして不快な羽音を響かせて。

けたたましい獣や野鳥の鳴き声が、そこかしこで木霊《こだま》しています。

「ここは、優しい人がいっぱい暮らしてた、平和な村だった……っ!!」

村の入り口には、半ば骨の露出した小児の頭が転がっているのが見えました。

身体《からだ》は獣に食われたのか、ズタズタに引き裂かれていて。

ジョークのつもりなのか、その子供の両眼には、木の枝が突き刺さっていました。

「あそこよ、あそこの広場にたくさん屋台が建ってたの」

「……落ち着いてください、ラキャさん」

「アレは何。あの広場に、無造作に積まれているものは何？」

「……直視しては駄目です。興奮しないで、ゆっくりと深呼吸してください」

「何でこの村からは！　人の声が一切しないの⁉」

サバト兵による虐殺《ぎゃくさつ》は、常軌《じょうき》を逸《いっ》したものでした。

女子供であろうと関係なく、虐《しいた》げて弄んだ形跡がそこら中に残っていました。

そんな、残酷すぎる光景にラキャさんには耐えきれなかったようで。

「ここで生活していた人たちは、どうなったっていうのよ‼」

ポロポロと涙をこぼしながら、やがて嗚咽《おえつ》を溢《こぼ》してしゃがみこんでしまいました。


「ひっ！　あの死体、動いてる！」

「違う、蛆《うじ》だ……。皮膚の下で蠢《うごめ》いて」

裸に剝《む》かれた眼球の無い妙齢の女性が、田んぼに倒れていました。

その肌の一部が不気味に蠢いて、ところどころに肉と蛆が露出していました。

「なんだこれ、人間か怪物か⁉」

「……水死体です。水を吸ったご遺体は、青く変色して膨れ上がるのです」

水路にプカプカ浮いていた青黒いご遺体は、ガスが充満してパンパンに腫《は》れ上がっていました。

野鳥がその水死体の肉を突ついた瞬間、シューと音を立てて腐った下水のような異臭が噴き出しました。

「……ああ」

サバト兵に、村人を生かしておくという考えは全くなかったようで。

村落の民の御遺体と思われるものは、村中に散乱しておりました。

「俺たちが、負けたから」

錆《さ》び付いた鉄の臭いが糞便と腐った血肉の臭いに混ざり、噎《む》せ返《かえ》るような異臭に耐えかねて、歩兵の多くが口を押さえて歩いていました。

農夫の銃殺死体がそこらの道端に転がされ、鳥が群がっています。

下水路には、誰かの肉と血痕がこびり付いて羽虫がたかっています。

「……吊《つ》られてる？」

中でも、目を疑ったのは。

先ほどラキャさんが指差した中央広場で、大樹に数人の裸の遺体が吊られており、その付近にはサバト語が記された菓子類の袋が乱雑に放り捨てられていました。

遺体にはダーツのような矢が刺さっていて、その遺体を中心に酒瓶が転がり、破れたシートがいくつか捨てられていました。

おそらく、宴会の後と思われます。

「どうして、サバト兵はこんなことができるんだ――――？」

人間は、兵士は、時にどこまでも残虐になるようです。

今まで苦しめられた憎《にく》い敵兵、憎い敵国民だからこそ、どこまでも非道を行っても構わないと考えたのでしょうか。

「……」

アルノマさんは、それらの死体を見て一言も発する事がありませんでした。

ただその瞳に轟々《ごうごう》と、凄まじい感情を内包しているように見えました。

ケイルさんは平静を保とうとしつつも、顔を真っ青にして今にも倒れそうになっています。

死体など見慣れているハズの看護兵たちの中には、嘔吐する人までいました。

「……行きましょう。モタモタしていると、置いていかれます」

この村で何が行われていたのか。

自分たちが敗走したせいで、村人たちはどんな目に遭ったのか。

それをまざまざと見せつけられ、自分は打ちのめされていました。

「……」

こんな光景は、西部戦線ですら見たことありませんでした。

あの場所では、勇敢に散った遺体には敵味方問わず最低限の敬意を払い、しっかりと埋葬していました。

人としての最低限のマナーすら失った、サバト兵の蛮行。

――それが作り出したのは、まさにこの世の地獄でした。

【十月十七日　夕】

「……」

それからトウリ小隊では、ほとんど会話がなくなりました。

いいえ、自分たちの部隊だけでなく、共に進軍していた他の部隊からも一切の雑談が聞こえなくなりました。

言葉を失った、という表現が的確です。

普段から衛生兵として、死体を見慣れていた自分ですら激しいショックを受けました。

つい二週間前まで学生だったラキャさんにとっては、見るに堪《た》えなかったでしょう。

「……」

歩きたくない。

これ以上前に進みたくない。

自分の中にそんな気持ちがフツフツと湧いてきました。

マシュデールを通り抜ければ、その先にはノエルの村があります。

自分にとって親のような存在である院長先生や兄弟姉妹である孤児院の皆の遺体が、あのように残酷な扱いを受けている光景を見たとき、果たして自分は平静を保てるでしょうか。

いいえ、無理です。まず、冷静さを保てるとは思えません。

きっと半狂乱になって、泣き喚《わめ》いてしまうと思います。

「……」

見たくない、進みたくない。

自分はノエルの村を通りませんように、と祈り続けました。

恐らく通らないから大丈夫、と必死で自分に言い聞かせて歩き続けました。


「ここにも、村」

マシュデールまでにいくつも村落を、横切ることになりました。

どの村も、似たり寄ったりの光景でした。

「ああ、ご遺体が腐ってきている」

「日にちが経つと、こうなるのでしょう」

ラキャさんなど、こういう光景に耐性の無い人は大変でした。

毎晩のように魘《うな》され、汗もびっしょりに嘔吐し続けるのです。

ただでさえ睡眠時間の少ない衛生兵がさらに追い込まれ、バタリと倒れてしまったりもしました。

「リトルボスも、無理せずね」

「いえ、自分は小隊長ですから」

実は自分も、眠りが浅くなって目が覚めたりしているのですが。

徹夜に慣れきっているおかげで、自分は日中も普通に活動することはできました。

ただ疲労は隠せなかったのか、ケイルさんにはかなり心配をかけたように思います。

「……マシュデールだ」

そんな、地獄のような光景から目を逸《そ》らしながら歩き続けて。

我々はようやく、いくつもの堡塁《ほるい》に囲まれた城塞《じょうさい》都市を再び目にしました。

「とうとう、帰ってきた」

オースティンの誇る難攻不落の要塞都市《ようさいとし》、マシュデール。

戦力差はいかんともしがたく、先日放棄したばかりのオースティン人の精神的支柱。

そんなマシュデール城塞に、レンヴェル軍は再び戻ってきたのです。


【十月十八日　夕】

『マシュデール内に敵影なし』

「はい、了解です」

予想したとおり、マシュデールはもぬけの殻のようでした。

先遣部隊が安全を確かめた後、我々はマシュデールに入りました。

「リトルボス、命令は？」

「一時待機です。今のうちに、洗濯をしてしまいましょうか」

「はーい」

「マシュデール内の水路が生きているようなので、汚れた軍服を各自洗濯して下さい。ただし、桶《おけ》を使って水を確保し、汚水を水路に流さないこと」

これ以上前進するとウィンからの補給が追い付かないらしく、また兵士にも休養が必要という事で、この日は休みになりました。

確かに、そろそろ自分の小隊は限界でした。ラキャさんたちには一度休憩をとってもらいたかったので助かりました。

「やっぱり自分の家に戻るのは、ダメ？」

「ええ、許可されませんでした」

「あはは、だよね」

歩兵たちは、街道沿いにテントを設営していきました。

民間の家屋への立ち入りは、当然ですが禁止です。

それが自宅であっても、敵が罠を設置していないとも限らないからです。

「活動範囲は、偵察兵さんが安全を確認した大通りだけにしてください。それ以外の場所では、罠が残っている可能性があります」

「そりゃあ困る」

「実際、先ほど歩兵が罠を踏んで大火傷《おおやけど》したという情報も入ってきました。間もなく搬送されてきますので、治療の準備もしておきましょう」

「あらら」

このマシュデールには、まだそこら中に罠が張り巡らされています。

偵察兵や工作兵の皆さんが解除していってくださっている様子ですが、全ての罠の除去は難しいでしょう。

このように戦争後にも置き土産《みやげ》が多いから、市街戦は嫌われるのです。

「でも、マシュデールを確保できたのは大きいね。ここを拠点に、補給路を構築できる」

「そうですね」

本格的な罠の解除は後続に任せるとして、マシュデールを再確保できれば良い拠点になるでしょう。

一部は損壊しているものの、街内には倉庫になりうる建物がたくさん残っています。

輸送の中継拠点としては十分利用できるでしょう。

「結構、家も荒らされてそうだな。俺の家は大丈夫だろうか」

「……好き放題しやがって」

故郷を荒らされたマシュデール出身者が怒っていますが、損害状況は村落よりマシと言えました。

レンヴェル少佐の号令で市民全員が避難していますので、民間人の遺体は転がっていません。

民も財産や物資も運び出しているので、大規模な略奪もなさそうです。

戦友たちの遺体に蠅《はえ》がたかっていたりするのですが、それでもあの地獄よりはマシでしょう。

「……」

いえ。

それは、自分だけの感想ですね。

マシュデール出身の人にとって、この惨状は身を引き裂かれるように辛いのでしょう。

何せ、故郷です。自分にとっては、ノエルの村が荒らされたようなモノです。

「リトルボス。治療場所はどうする？」

「今、使用可能な家屋がないか上層部と交渉中です」

きっと歩兵たちの多くは、今までの景色を見て辛い思いをしていると思います。

だからこそ、自分にできることは最大限やっていかねばなりません。

「今、連絡が来ました。マシュデール中央病院の安全確認が完了したそうです。我々は本日、病院で寝泊まりします」

「おっ、良いね。中央病院なら勤務したことあるよ」

「……物資、残ってたら貰っていきましょう」

少しでも兵士の心を慰《なぐさ》めるために。

自分たちができる事は、目の前の患者さんと向き合う事だけなのです。

「……ローヴェ、アンタ馬鹿じゃないの」

「そんな事言うなよ、ラキャ」

因みにその後、運ばれてきたのはラキャさんのご友人でした。

「ああ、貴方《あなた》はこの前の」

「うっ、あの時はお世話になりました」

脱走した時、ボコボコにされていた兵士の一人ですね。

聞けば、落ちていた銃を拾おうとして、罠を踏んでしまったようです。

「爆発の瞬間、小隊長が蹴飛ばしてくれまして。それでも、大火傷でしたが」

「致命傷は避けられてますよ、小隊長殿に感謝しておくべきです。両下肢《りょうかし》、深度はI度、表面の火傷ですね」

少年兵は情けなさそうな顔で、頭を掻《か》きました。

聞いていたより軽傷で、命の危険はなさそうです。

「そうだ、ローヴェ二等兵。治療をラキャさんに一任してよいですか」

「ラキャに?」

「そろそろラキャさんにも、火傷の治療を一人でできるようになってほしいのです」

「ええ、まぁ良いですよ。ラキャのためなら」

自分は口実を設《もう》けて、ラキャさんと二人きりにしてやることにしました。

最近ラキャさんは辛そうだったので、友人と話させてあげたかったのです。

「できますね、ラキャ二等衛生兵」

「は、はい。頑張ります」

「隣の診察室にいますので、困ったことがあれば呼んでください」

自分は彼女にそう声をかけ、他の人を連れ部屋から出ました。

僅かな時間ですが、少しでも彼女の心が癒《い》えればよいのですが。

「……リトルボス、なかなか気が利くね」

「これでも、小隊長ですから」

我々の仕事は過酷です。

だからこそ、戦友と過ごす平和な時間がかけがえのない物なのです。

「……おい、ラキャ？　ちょっと、お前、何するつもりだ」

「いや、こうしろって習ったのよ」

そして自分たちは、隣の診察室でケイルさんたちとお茶を飲みながら。

「ちょ、やめ、それは」

「恥ずかしがらなくても良いわよ、もう慣れてきたし。別にアンタの見てもなんとも思わないし」

「や、やめ――――」

隣の部屋から聞こえる男女二人の叫び声を肴《さかな》に、お茶会を楽しみました。

ちなみに火傷処置の基本は、服を脱がせて洗浄です。

彼は恐らく、今頃ラキャさんにズボンやパンツを切り刻まれていることでしょう。

たくさん人がいると恥ずかしいかもしれないので、我々は席を外したのです。

衛生部は女性が多いですしね。

「……うわっ、ふーん。なるほど、こんなモンか」

「見んなよ、ラキャってばァ!!」

「いや、見なきゃ治せないから」


【十月十八日　夜】

夜になるとマシュデール中央病院に、アリア大尉が視察に来てくださいました。

彼女は自分を見るなり、申し訳なさそうに謝りました。

以前、自分を指導《ボコっ》した後にフォローに来れなかったのを、気にしていたようです。

「あー、まぁそういう意図があるなら良いが。なるべく知り合いに治療はさせない方がいいかもな」

「そうなのですか」

「知り合いの治療は、どうしても私情が混じるからな。お前だって、知人はやりにくいだろう」

ラキャさんの件を話すと、アリア大尉は微妙な顔をしました。

癒者《ヒーラー》は、知人の治療をしない方がいいというのが鉄則だそうです。

「……。自分は、なるべく私情は挟まなかったつもりですが」

「まぁ人間だからな、情に流されることもあろう。そういう話だ」

アリア大尉はそう言うと、少しからかうような口調になって、

「だから今からモテるぞ、トウリ。いろいろと覚悟をしておけ」

「モテる、ですか?」

「衛生兵が恋人だと、優先して助けて貰える。男兵士どもは、そう考えている節がある」

「なるほど」

いざ自分が死にそうな時、衛生兵と恋仲であれば生存率が上がる。

言われてみれば、そうなのかもしれません。

「トウリはおぼこいからな、悪い男に騙されんよう注意しておけ」

「はい、大尉殿」

ですがまぁ、少なくとも自分がトリアージする場合は冷静に対応するつもりです。

……ロドリー君やアレンさんが運ばれてきた時なども、なるべく冷静に。

「そういう訳で、基本的には知り合いのトリアージはするな」

「はい」

確かに、それが正解かもしれません。

自分だって、もしロドリー君が運ばれてきたら。

少しでも助かる可能性があれば、普段は見捨てるような重傷でも手当てをしてしまう気がします。

旧ガーバック小隊の面々が運ばれてきた場合は、ケイルさんに判断を任せましょう。

「さて、ここからが本題だが」

そう考えていたらアリア大尉が顔を近づけてきて、自分の耳元で囁《ささや》きました。

どうやら、今のは話の枕のようです。

「何でしょう」

「サバト軍が、まだ割と近い位置にいた痕跡《こんせき》が見つかった」

アリア大尉はそう言うと、静かに目を伏せました。

「おそらく撤退中のサバト軍だと思われる、近日中に接敵するかもしれん。心の準備をしておけ」

「……」

自分はもう、敵はマシュデールから遥《はる》か遠くに撤退していると思いました。

まだ周囲に敵がいるかもしれないと聞き、ゴクリと生唾《なまつば》を飲み込みました。

「他言無用だ、今の話は部下の誰にも話すな」

「了解です」

「マシュデールで休養を取ったのも、周囲の索敵に時間をかけたかったからだ」

この付近に敵が残っているとすれば、その目的は何なのでしょう。

追撃部隊である我々の偵察とかでしょうか。

「父上は、奇襲を警戒しておられる。戦闘になる可能性、十分に考慮しておけ」

「はい、アリア大尉」

もし戦闘になっても、後方にいる我々が戦闘に巻き込まれる可能性は低いでしょう。

しかし負傷兵が大量発生したら、衛生部隊が疲労でパンクしてしまうかもしれません。

しっかりケイルさんたちに、休憩を取ってもらう必要がありますね。

「ではな、トウリ。しっかりやれ」

「ありがとうございます、大尉殿」

となると、患者が少ない時間の間は交代制を導入してみますか。

患者の診察速度は落ちますが、その代わりに休憩者が数時間眠れるようになります。

今後接敵する可能性があるなら、体力を蓄えておかないと。


【十月十八日　深夜】

「仕事を当番制にして、休憩を作ろうと思います」

「おっ？」

アリア大尉から、接敵の情報をいただいた後。

自分は負担軽減のために、患者の少ない日は休めるような体制を作りました。

「小隊の状態を鑑みるに、このまま不眠不休での診療を続けたら脱落者が出そうですので」

「良いんじゃないかな。休めるときに休まないとね」

ただでさえ少ない衛生兵なので、倒れられたら困るのです。

この疲労状態のまま戦闘が発生し、多量の患者さんが搬送されれば地獄を見るでしょう。

「え、じゃあお休みして良いの？」

「はい、当番日以外は寝て貰ってもいいですよ」

「やったぁぁぁ！！！」

休憩と聞いて看護兵さんから、歓喜の声が上がりました。

ここのところ、毎日パラパラと来る患者さんに深夜まで対応を余儀《よぎ》なくされていました。

皆が睡眠不足になっていたので、ちょうど良いタイミングでしょう。

「では本日の夕方から前半、後半に分かれて五時間ずつ休憩を設定します。飲酒や外出は認めませんが、当直室ベッドを使用して睡眠を取っていただくのは許可します」

「はーい！」

「ではエルマ看護長、看護兵の前後半の振り分けをお願いします。衛生兵は、自分が振り分けます」

自分は、勤務時間帯を前半、後半に分けました。

今までの傾向ですと、日勤である前半の方がやや患者が多くなることが予想されます。

なので、不公平の無いように前半と後半は、日替わりで交代するつもりです。

「衛生兵の振り分けは、自分とアルノマさん。ケイルさんとラキャさんにしましょうか」

「おや、この間は男同士、女同士で指導医《オーベン》組むって話じゃなかったっけ」

「自分とラキャさんで組んでしまうと、男手が必要なときにどちらかを起こさないといけなくなっちゃいます」

「あ、そっか」

チーム分けに関しては、あまり悩む必要が有りませんでした。

自分とケイルさんのどちらかがいないと仕事が回らないので、ここを分けるのは確定です。

後は単純に、男手が足りる組み合わせを選びました。

処置の痛みで兵士が暴れると、男手が必要になるのです。

「では、そうですね。今日は前半が自分とアルノマさん、後半がケイルさんたちで如何《いかが》でしょう」

「了解、リトルボス」

「もしも手に負えないくらいの患者さんが来た場合は、応援を求めることがあります。そこは、ご了承ください」

「ああ、勿論《もちろん》」

こうして、我が衛生小隊に初の休憩制度が設けられました。

適切な休憩は、部隊の仕事効率を上げてくれます。

きっと、この休憩が衛生小隊全体に上手《うま》く作用してくれることでしょう。


【十月十八日　未明】

「あの、リトルボス。ちょっと今時間あるかい？」

「ええ、患者さんが途切れていますので。どうかされましたか？」

初めて休憩を設定した、その日の夜。

いつもどおりパラパラと姿を見せた患者も足が途絶え、アルノマさんと歓談していた折。

診察室に、ケイルさんとラキャさんが姿を見せました。

「……ぐす。ぐすん」

「実は、さっきからラキャさんがずっと泣いてるんだ」

見ればラキャさんは目を腫らし、しゃっくりあげて泣いていました。

ケイルさんは困った顔で、看護兵さんもオロオロとしています。

泣く子の扱いに、苦慮しているようです。

「彼女を一人にするのは可哀想《かわいそう》でね。ここで、ラキャさんを休ませてやってくれないか」

「……分かりました」

今までも夜中になると、悪夢に魘《うな》されたラキャさんの声が聞こえていました。

虐殺された村落の光景がとてもショックだったようで、寝ようとするたび悪夢に襲われているのだと思います。

「ごめんなさい。迷惑かけて、ごめんなさい。トウリ小隊長」

「迷惑なんかじゃありませんよ。……温かい飲み物を、用意しましょうか」

あの残酷な景色は自分もよく夢に出るので、その気持ちは分かります。

死体を見慣れている医療従事者ですらキツかったのです。

一般人のラキャさんにはトラウマに近い経験となったでしょう。

「駄目なの、トウリ小隊長。布団に入ると、怖いこととか嫌なことばっかり頭に浮かんじゃって……」

「……」

「ローヴェがあんなふうになったらって思うと、吐き気が込み上げてくる」

彼女の眼元にはクマが浮かび、唇は真っ青に震えていました。

「こんなはずじゃなかったのに。もっと、楽しくてやりがいがある仕事だって聞いてたのに」

彼女はそう言い、顔を伏せて再び泣き出しました。

ケイルさんもアルノマさんも、どう声をかけていいか困り果てています。

「トウリ小隊長はスゴいよね、私なんかよりよっぽど落ち着いて、心も強くて」

「……その」

「私には隊長みたいに冷静でなんかいられない。聞いてない、こんなの聞いてなかった。怖い、死にたくないぃ……」

「ラキャさん……」

ラキャさんは、聞かされた話と現実とのギャップに苦しんでいるようでした。

自分も徴兵検査の時、軍人から随分と都合の良い話ばかり聞かされた気がします。

確か、

『最後方だから安全な職場で、皆優しく教えてくれるよ』とか、『前線の兵士から女神のように慕われて、時には素敵な異性と恋仲になれるかも』とか、そんな感じの話を聞いていたのに」

「……」

「そんな話がどこにあるっていうのよ!!」

そんな感じの事を、自分も言われましたね。

詐欺以外の何物でもないです。正直どうかと思います。

「軍人さんは怖いし、昼間はマラソンだし、夜は徹夜だし。寝ようとしても、怖い夢で起こされるし」

「お、落ち着いてラキャさん」

「詐欺よ、こんなの詐欺よ。帰してよ、私をウィンに帰してよぉ!」

やがてラキャさんは堰《せき》を切ったように泣き叫びました。ケイルさんが必死になだめますが、落ち着く様子はありません。

これは……、この症状は自分も見たことがあります。

追い詰められた新兵が自棄《やけ》を起こし、暴言を撒《ま》き散らし始める状態です。

「……」

これは、何とかしないといけません。

今の状態が続くと鬱になって、無言になったりブツブツ言い始めます。

最後には自殺したり逃走したり、男性兵士ならば婦女暴行に走ったりします。

「落ち着いてください、ラキャさん。我々はちゃんと負傷兵の方々から、とても感謝されています」

「こんな過酷な労働環境とか知らなかったわよ……！」

宥《なだ》めても、ラキャさんは大泣きしながら癇癪《かんしゃく》を起こすだけでした。

……ぶっちゃけまだ、全然過酷ではないんですが。

それを言うとラキャさんがヒートアップしそうなので、黙っておきます。

「そうですね、とても辛いと思います。普通の学生だったラキャさんには、耐えきれなくて当然です」

「そう、そうよ！」

「自分だって、慣れるまでは散々に辛い思いをしました。こんな仕事だと知っていれば、志願はしなかったと思います」

「そのとおりだわ。本当に、大人は嘘ばっかり！」

　こういう場合、まずは共感してあげて気持ちを吐き出させましょう。

　頭ごなしの否定は、状況を悪くしてしまいます。

　共感した後に、『だけど〜』という形で自分の意見を述べるのです。

「ですが、過酷な環境に置かれるのは自分たちだけではありません。最前線の歩兵さんたちは、今も命懸けで周辺の偵察を行ってくれています。いつ命を落とすか分からないその環境は、我々よりもっともっと過酷です」

「……」

「そして、もっとも過酷なのは……。サバト軍に侵略されてしまった一般市民の方でしょう。ラキャさん、貴女《あなた》も見たはずです、あの惨状を」

「……ぅっ、うっ」

「ウィンですら、焼かれる直前だったのです。もう、我々オースティン国民には、安全な場所なんて残されていません」

「……うぅー……」

「今の自分たちの周囲は、沢山の歩兵さんたちが守ってくれています。それはとてもありがたいことです。だからこそ、我々も奮起《ふんき》してこの軍の兵士のために働かねばなりません」

　自分はなるべく、ラキャさんを刺激しないように現状を説明していきました。

無論、皆が今までのようにウィンで平和な学生生活を過ごせたらどれだけ良いでしょうか。

自分だってあの孤児院を卒院した後、平和に旅芸人として生きていけたらどれだけよかったかと妄想することが多々あります。

しかし、現実にサバトは攻めてきています。我々が戦わなければ、殺されるだけ。

ラキャさんには、逃げても今までどおりの生活はできないことを、自覚してもらわなければなりません。

「そんなこと言われなくても分かってるわよ……。でもそれにしたって、その、謳《うた》い文句《もんく》に嘘が有りすぎて」

「素敵な異性に出会える可能性だって無いことはないですよ。ほら、ケイルさんもアルノマさんも、素敵な方ではないですか」

「……さすがに、年が違いすぎるじゃない」

自分はなるべく笑顔を作って、我が小隊のモテそうな男性陣二人をアピールしました。

話を振られて、お二人が格好《かっこ》いいポーズを取ってくれました。ノリが良いですね。

「ケイルさんは、そんなに年が離れてなかった気がしますが」

「二十代前半でしたっけ。いや、それでも結構な差じゃない？」

「えー、まだ若いつもりだよ？」

少し、ラキャさんの表情が柔らかくなりました。このまま、恋の話題を続けてみましょうか。

この年頃の女の子には、恋の話を振っておけばだいたい話が弾むのです。

自分はかつて孤児院で同年代の女子に囲まれ、そう学びました。

「別にこの部隊に限らずとも、他の部隊に年の近い男性兵士はいるでしょう。自分もデートする相手がいますよ、別の部隊に」

「えっ本当⁉」

嘘は言っていません。

『デート』という単語を出した瞬間、ラキャさんがかなり食いつきましたね。

このまま話題を変えて、気を逸らしてしまいましょう。

「え、トウリ小隊長、彼氏いたの⁉　ウソ、そんな素振りなかったじゃない」

「残念ながらまだ恋仲ではないですね。仲の良い異性というだけで」

「どんな人？　ねぇ、どんな感じに出会ったの？」

「この軍で出会った、年の近い男の子です。これがなかなかに優しくて頼りになる方で」

「えー！」

やはりこの年頃の女の子は、彼氏の話によく食い付きますね。

ロドリー君とはそういう関係ではないのですが、利用させてもらいましょう。

「そういうラキャさんだって、ずいぶんと仲の良い殿方《とのがた》が二人ほどいたようですが」

「へ？　あー、いや、アイツらはそういうのじゃなくて」

「あの二人、ラキャさんを庇《かば》って前に出ていましたね。向こうからの感情はあるんじゃないですか?」

「いや、だから!」

興味のある話題になったからか、はたまた本当に恋人ができる可能性にテンションが上がったのか。

ラキャさんは少しずつ、饒舌《じょうぜつ》に会話をし始めました。

それこそ、普通の女子学生のような雰囲気で。

「本当に、ただの友達で」

「ではラキャさん、お二人について話していただけますか?」

「お、僕も興味があるな。若い娘の恋愛模様」

「小さな小隊長の話の方も、是非聞きたいけどね」

大人組も空気を読んで、話に乗っかってきてくれました。

ラキャさんは先程までの泣きっ面はどこやら、顔を赤くして怒っています。

誰だって、完璧に感情をコントロールするのは難しいです。

だから誰かと話をして、愚痴を思いっきり吐き出して、そして心を守るのです。

「何で私ばっかり!　トウリ小隊長から先にしてよ!」

「……ええ、まぁ構いませんけど。あまり面白くはないんですよ、自分のは」

男性兵士は下品なジョークを使ってリラックスしますが、女性兵士は恋愛話でストレスを解消するようです。

そういえば、野戦病院でも女性衛生兵は不倫だの婚活だのの話で盛り上がっていましたっけ。

ラキャさんも、立派な女性衛生兵としての一歩を踏み出したということでしょうか。

「……もぉーっと、面白い話もあるわよぉ？」

「おや、エルマさん」

「げぇっ、エルマ！」

「……これは、ある若い男性癒者《ヒーラー》の話なんだけどね」

「ちょっと待て、その話は……‼」

こうして、マシュデールでの一夜は静かに更けていきました。

完全休養日だからか、体罰を受けて重傷を負った人の数は少なく。

自分たちも久々に、ゆったりとした夜を過ごせました。

その後、自分にアリア大尉から一本の連絡が入りました。

この休養日を使って、前線では大規模な索敵が行われたようですが……。

結果は空振り。潜伏している敵部隊の気配はなく、奇襲を受ける可能性は低いとのことでした。

「ええ？　それは、ヤバいでしょ」

「信じられないでしょう？　本当にやりやがったの、その男」

「……なぁエルマ、申し開きをさせてくれないか？　当時の僕はまだ、その、いろいろと旺盛《おうせい》な時期で」

「……だからって」

「言い訳は男らしくないわよ」

アリアさんの言っていた『敵がいた痕跡』というのは、我々を監視していた偵察部隊だったのでしょう。

何にせよ、取り越し苦労だったのであればそれに越した事はありません。

「大丈夫です、ケイルさん。自分は結構チャラい人も好みです」

「……ありがと」

不安が消えて一安心した自分は、そのままラキャさんと話を続け。

「……小隊長の好みが分からないわ」

「表面だけの男はだめよー？」

衛生小隊の皆で恋愛話に興じ、一晩を過ごしました。

「まぁ、若気の至りだねケイル副隊長。私も以前はそれなりにヤンチャだったよ」

「分かってくれるかアルノマさん」

「浮気《うわき》はしたことないけどね」

そしてエルマさん含め三股を掛けていた事実が発覚したケイルさんは、三等性欲兵とあだ名される事になりました。

自分は前世が男だったからかむしろ「よくやったなぁ」と感心が大きかったのですが、ケイルさんは女性陣からの評価が大きく下がりました。

浮気はいけません。

【十月十八日　朝】

「小隊長！　病院内にパスタが残っていました、食べていいですか⁉」

ラキャさんと恋バナで盛り上がった次の日の朝。

彼女はだいぶ元気を取り戻したように見えました。

「院内の調理場も使えそうです。レーションも節約しないといけませんし、良いですよね」

「ダメです」

ラキャさんはパスタの束を持って来て、湯でようとしていました。

パスタは病人でも食べやすいので、様々な病院食に採用されています。

おそらく、それをちょろまかしたのだと思いますが……。

「勝手に、病院の物を食べてはいけません」

「えー、ケチ！　お薬は持って行くって話じゃない」

「それは許可を得ていますので」

兵士が、避難により誰もいない民間施設から物資を盗む行為は『略奪』に当たります。

非常時でかつ、軍が必要と認めた場合に物資徴発を行う事はありますが……。

兵士が個人の考えで窃盗《せっとう》を行うのは、良くない事です。

「でも他部隊の兵士は、やってましたよ！」

「……」

まぁ軍規上はそうなっているのですが。

略奪行為は兵士へのご褒美的な側面があるので、黙認されるケースも多いそうです。

今回もマシュデール市街家屋へ浸入・略奪は禁止されていますが、それを破って窃盗している兵士もいるでしょう。

「自分の部隊では許可しません。死ぬ可能性もありますからね」

「死ぬ、って？」

ただ、やはり自分はそれを認めません。

それは倫理上の問題というだけではなく、

「例えばサバト兵が貯水槽に、下痢便《げりべん》のついた下着を投げ入れていたとしましょう」

「げ、下痢便」

「病原性大腸菌により水源が汚染されたら、その水を飲むと感染し、敗血症《はいけつしょう》を起こす可能性があります」

敵の占領下にあった街の物資など、安全性を確かめるまで怖くて使えません。

少なくとも、水源汚染の有無は調べた方がいいでしょう。

撤退時に水路に毒を投げ入れるなんて、常とう手段です。

「人の下痢が混じった水でパスタを作りたいですか、ラキャさん」

「……うげー」

マシュデールの調理施設を使えるのは、今日だけです。

明日からまた野宿の日々なので、美味しい料理を食べたい気持ちも分かりますが……。

やはり口に入れるものは、警戒しておくべきでしょう。

「分かった、パスタは諦めるわよ……」

「ありがとうございます、ラキャさん。ではレーションの準備をしましょう」

「……」

少し汚い例えをしてしまいましたが、実際に起こりうることなのです。

我々衛生兵は貴重です、可能性は低くともリスクがある行動は避けるべきなのです。

「……オロロロロロロロロ」

「アルノマさん⁉」

その話の後、病院の水で紅茶を作った人たちがいっせいにトイレに駆け込みました。

しまった、昨日のうちに注意喚起しておけばよかったです。

【十月十九日　夜】

「今夜は、このあたりにテントを設置しましょう」

「はーい」

マシュデールを出発した日の夜、小隊メンバーは元気に満ちていました。

病院のベッドでぐっすり眠れたので、調子が良かったのだと思います。

「……」

「どうかした、トウリ小隊長？」

我々はマシュデールから十キロメートルほど西に進んだ平原で、テントを設営していました。

自分の故郷であるノエルは、結局進軍ルートから外れてくれたようです。

「……いえ。何も、何でもないです」

「そう」

ノエルを通らないと分かった時、自分はホッとしました。

もしノエルに、今まで見てきた村のような残酷な光景が広がっていた時に、平静を保てる自信がなかったからです。

自分は、まだ感情を御せていません。

ですが自分は指揮官です、今までのように誰かに甘えることはできません。

ノエルを見て取り乱せば、完全に子ども扱いされるでしょう。

それではいざという時に、皆が命令に従ってくれるか分かりません。

だから自分は指揮官として、精神的に成長していかねばならないのです。

もう、自分が取り乱した時にぶん殴ってくださったガーバック軍曹はいませんので。

「患者さん来ませんね」

「良い事さ、小さな小隊長」

進軍中も我々は、交代休憩制を続ける事にしました。

前半はパラパラと受診があったみたいですが、後半である自分とアルノマさんの時間には患者が途絶えていました。

なので深夜のテントの中、自分はアルノマさんと二人で歓談していました。

「コーヒーをもう一杯、飲むかい？」

「はい、アルノマさん」

聞けばアルノマさんは、俳優をやる前には旅人として世界を回っていたそうです。

その時に様々な地域での文化や伝承を知って、その旅で得た感動を広めようと俳優になったのだとか。

「この戦争が終わった後、また兵士をやめて俳優に戻るつもりだ。次の演目は、激しい戦争を生き抜く青年衛生兵の話にしようと思ってる」

「それは素晴らしいです、生きていれば観に行かせていただきます」

「生き残るさ。何せこの部隊には私がいる」

そういってアルノマさんは、自分にウインクをしました。

「それはどういう意味ですか?」

「主人公の周囲の登場人物は、神様から守られるものなのさ」

最初は不思議なことを言うものだ、と思いましたが。

どうやらアルノマさんは、「この世界の主人公は私だ」と思っているようです。

だから自分の周囲の人々は守るし、守られるのだと言い切りました。

「……それは、舞台の上の話でしょう?」

「現実を舞台にして何が悪いのさ」

それは決して、彼が主人公願望の強い勘違いさんというだけではなさそうです。

どちらかといえば、その言葉は「願望」というより「戒《いまし》め」であるそうです。

アルノマさんは自分の人生を演劇に見立て、主人公として恥ずかしくない行動をとろうという考えを持っているようです。

「私の人生の主役は私に決まっている。君《きみ》の人生の主役は君だろう?」

「……そのとおりです」

「だったら、君は主役としてどう行動するべきか。楽な方へ、自堕落な方へと考えが歪《ゆが》み、主人公らしくない行動をしてはいないだろうか。そう、省《かえり》みるのが重要だと思うのさ」

自分が世界の主人公なのだから、妥協した生き方はできない。

その考え方がアルノマさんの根底にあるので、どんなに辛い選択肢であっても「それを

選ぶのが主人公だ」と感じたらやりぬいたそうです。

「私はいつも魅力的であろうと思っている。主人公に魅力のない劇など、つまらないじゃないか」

彼のその生き方は少しエキセントリックですが、尊敬できる所も多いと感じました。

アルノマさんの揺るがぬ自信は、彼が積み上げてきた努力に裏打ちされているからです。

彼は何をするにも一生懸命で、これからも成功し続けるのでしょう。

……それが戦争のない、平和な世界なら。

「アルノマさん。貴方のその高潔な精神には敬意を表します」

「ありがとう」

「ですが、一つだけお願いがあります」

「……何だい？」

「戦場では、何でもできると思い込まないでください他人を見捨ててでも、自らの命を大事にしてください」

自分はこの話を聞いた時、アルノマさんに一抹《いちまつ》の不安を感じました。

その、高い志と主人公願望から、

「自分は、他人を庇って死んでしまった人を沢山知っていますので」

何となく彼がサルサ君のように、誰かを救うために無茶をしてしまうような予感がしたのです。

「……うん、気を付けるよ」

「お願いしますね」

だから自分は、しっかり念を押しておきました。

アルノマさんは、自分の大切な仲間です。

くれぐれも無謀な行動をして、命を落としてしまう事のないよう注意しましょう。

一九三八年　夏　18

TSMedic's Battlefield Diary

出てきた料理は、蒸《む》し鶏《どり》のスープだった。

これがこの店で最も安く、手軽な料理だった。

「まぁ、旨《うま》いな」

高級店なだけあって、良い味のスープだった。

出されたパンも、野菜とスープによく絡んで美味《おい》しい。

……これで、値段がバカみたいに高くなければ、もっと流行《はや》っただろうに。

「店主、これは興味で訊くだけだが。もう少し、料理は安くならないかね」

「ならんね。値下げ交渉はお断りだよ」

「心配してるだけさ。昼間でもこの客入りだと、潰れるんじゃないか」

「ウチは素材から拘《こだわ》った高級料理店だ。味の分かる人にだけ、利用して貰《もら》えりゃあいい」

味は首都ウィンでありふれたものだが、確かに旨い。

『パッシェン』という辺境で、首都の味を楽しむことに価値を見出す人もいるのかもしれない。

「サバトからの観光客には評判が良いんだよ。首都まで行かなくとも、本格的なウィン料理を楽しめるってな」

「観光客に出せる額か？」

「金持ちってのは何処《どこ》にでもいるんだよ。まさか、お代が足りないってんじゃねえだろうな」

「いや、出せるさ。ちょっと値段に文句を言いたくなっただけだ」

「文句があるなら来なけりゃいい」

店主の態度は、不愛想なものだった。

本当に、よくこの店は潰れないものだ。

「……」

私は忌々《いまいま》しい気分で財布を取り出そうとした。

その時、ふと店の奥に小さなドアがある事に気が付いた。

厨房《ちゅうぼう》にしては、位置がおかしい。

「店主、あのドアは便所かい？　ちょっと催したんだけど」

「違う、トイレなら手前の扉だよ。あれは予約者用の個室だ」

気になった私は、店主にドアのことを尋ねてみた。

「なるほど、個室席もあるのか」

「高級店だからな」

あのドアの先は、どうやら個室のようだ。

確かに、高級店を謳《うた》うなら個室があっても不思議はない。

「……」

だが私は、記者の勘とも言うべきか、何となく「匂った」。

首相がパッシェンに来ていたなら、露店《ろてん》で目撃情報がないのはおかしい。

ホテル内に籠《こも》っていた可能性もあるが……。

外食していたなら、彼に誰も気付かないはずがない。

ホテルに籠っていたにしろ、どこかに噂《うわさ》が立つはずだ。

ボーイにも生活はある、金を握らせたら誰かは喋《しゃべ》るはずだ。

「店主、もし追加で金を払ったらあの個室に泊まる事は可能か？」

「……ああ、ベッドもあるよ。そういうふうに使うセレブもいる」

もし首相は人目の多いホテルに宿泊したのではなく。

人気のない個人店の、個室に宿泊したとしたらどうだ？

「一泊するとしたら、いくらだ」

「そこらのホテルの、倍の値段だな」

「了解した」

私は、半ば賭《か》けに出るような気持ちで。

「じゃ、さらにその倍の値段を出す。その代わり、先月この個室を利用した『フォッグマン首相』について話を訊きたい」

「――――」

フォッグマン首相の名前を出して、店主を揺さぶってみた。

「悪いが、いくら積まれようと顧客の情報は洩《も》らせない。帰ってくれ」

「そうか、残念だ」

店主は、少し忌々しい顔をした後。

そう言って、私に背中を向けた。

「じゃあ通常の値段でいい。普通の客として、個室を貸してくれ」

「……」

私はにこやかに、既定の金貨を袋から取り出した。

取材費の使い過ぎで怒られるだろうが、情報を持って帰らない方がドヤされる。

「金を払うなら、アンタは客だ。今日は予約も入ってない、好きに使え」

「どうも」

店主はそう言うと、私に個室の鍵を渡した。

この男は先程『顧客の情報は洩らせない』と言った。

つまり、首相が客としてこの店を利用したことを認めたのである。

「本社に電報を送らないと。もう一泊するが、ネタを摑《つか》めるかもしれないと」

恐らくこの部屋はもう清掃されているし、情報も残っていないだろう。

だがこんな寂れた店にセレブが入店したら、きっと目立つはずだ。

近くの飲食店で聞き込みをすれば、この店の客の情報が得られるかもしれない。

「……へえ、なかなか広いじゃないか」

「ご満足いただけて何よりだ」

店主に渡されたカギで個室のドアを開けると、私はその広さに驚いた。

十人ほど入れて、小さなパーティが開けるサイズの部屋だった。

奥にはベッドが二つ並んでおり、大きなテーブルと椅子も並べられている。

セレブ御用達《ごようたし》の個室と言われて、納得の豪華さだった。

「料理を注文したければ、そこのベルを鳴らせ。ただ、十時を過ぎたら注文は受けない」

「了解した」

店主はそう言うと、ぶっきらぼうに部屋を出ていこうとした。

私はそんな店主にの肩を摑んで、にこやかに呼び止めた。

「ちょっと待った、店主。今は他に客がいないだろう？」

「それがどうした」

「少し酒を飲みたい気分なんだ、付き合ってくれないか」

「馬鹿言え、飲み相手が欲しければ他の店に行け」

店主は私を、警戒心の強い目で見ていた。

だがここで退いては、雑誌記者の名が廃る。

「私は、アンタと話がしたいんだ」

「俺にそっちのケはねぇ、お断りだ」

私の誘《さそ》いに、店主はつれない態度を返すのみだった。

こういう手合いから情報を引き出すのが、記者の腕の見せ所である。

「店主は、良い料理の腕してるな。どこで身につけたんだい」

「小さいころからオヤジに教えられたんだよ」

「良いオヤジさんじゃないか。さぞ、有名な料理人だったんだろう」

「普通の料理人だよ、おあいにく」

私は先輩に教わったとおり、まずお世辞を使ってみた。

店主の反応は悪いが、粘ってみることにした。

「内装のセンスも良い。そこに掛けてある風景絵なんか、この店の雰囲気にぴったりだ」

「ああ、この侘《わび》しい絵のことか。そうだな、ガラガラの店にぴったりだ」

「……店主の服装も良いね。アンタの格好《かっこ》良さもあいまって、クールだと思うよ」

「この服は、量産品だ」

思いつく限りの美辞麗句《びじれいく》を並べてみたが、店主は鼻で笑うだけだった。

私の企《たくら》みなんぞ、お見通しなのかもしれない。

「おうお客さん、美辞麗句はもう終わりかい？」

「あー、まだあるさ。そうだ、そこの古い写真に写ってるのは、店主の若いころだろう。何というか、とてもイカしてる」

「そいつはどうも。ただ、二十年前の容姿を誉《ほ》められてもな」

「昔からハンサムだったと、言ってるのさ」

私が何を言っても、取り付く島もなかった。

私は一旦店主の説得を諦め、聞き込みに行こうと考えた。

「あー。店主、私は少し外に出ようと思う。お土産《みやげ》、何かいるかい？」

「外で何か買うってなら、ウチで注文してくれる方が嬉《うれ》しいね」

「そりゃそーだ」

店主の頑《かたく》なな態度に、苦笑いしそうになったが。

私はそれを顔に出さず、愛想よく出口に向かった。

今夜はこの店に泊まるのだ、チャンスはまだまだある。

ここは一旦、仕切りなおして——

「……ん？」

「今度は何だよ、お客さん」

入り口に飾られた、古い写真に。

見覚えのある、若い少女が映っている事に気が付いた。

それはついさっき、私が食事の前に読んでいた日記にも映っていた、活発そうな少女。

「……この娘《こ》は、確か」

思わず近づいて、しげしげと見る。

間違いない、この写真に映る少女は……。

「衛生兵の、ラキャ？」

「っ！」

私が思わず、彼女の名をつぶやいた瞬間。

店主の顔色が変わり、凄《すさ》まじい形相《ぎょうそう》で私の腕を摑んだ。

「お前。何でその名を知っている」

【日記に書きなぐられた見慣れた筆跡の呪詛《じゅそ》】

許さない。許さない。許さない。許さない。

西方行軍 2

TSMedic's Battlefield Diary

【十一月七日】

しばらく日記を書けませんでしたが、久しぶりに筆をとろうと思います。

記憶が正確なうちに、あのことを記載しておきたいからです。

第六感とでもいうのでしょうか。

……思い返せばあの日は朝から、妙《みょう》な胸騒ぎがしていました。

恐ろしい怪物が自分に狙いを定め、舌なめずりしているような予感です。

ですが、自分はその感覚を気に留めませんでした。

残酷《ざんこく》な光景を見て、精神が弱っていたのだろうと自己解釈していたのです。

今思えばそれは、自分の本能が警鐘を鳴らしていたのでしょう。

ちょうど、マシュデール撤退の時と同じように。

今から書くのは、自分の罪の告白です。

この罪を忘れないように、自分の知る全てをそのまま残しておこうと思います。

どうかこの日記を読んだ人は、自分と同じ過ちを犯さぬよう。

【十月二十一日　回顧録】

その日は確か快晴で、気持ちが良い風が吹いていたのを覚えています。

自分たちトウリ衛生小隊は、遠足を楽しむような気分で森の木々を眺めていました。

ここら辺一帯は、平野と森林が広がっています。

ガーバック小隊長と撤退した、あの思い出の深い森です。

レンヴェル少佐は敵を探す際に、この森林を重点的に索敵したそうです。

平野は見晴らしがよいので、敵が兵を伏せるとしたら森林くらいだと考えたのでしょう。

ただ急いでいたとはいえ、周辺の地形くらいは調べておくべきだったと思います。

地元民が皆殺しにされ、地形の聞き込みができなかったのが、我々にとっての不幸でした。

平野は見渡せるように見えて、死角になっていた箇所もあったのです。

この時我々は、マシュデールでの休養をとった後、平野をまっすぐ直進していました。

南部軍はサバトの補給線を破壊し、破竹の勢いで北上しているそうです。

味方が思ったより早く進軍したので、機を逃さぬようレンヴェル少佐は急いだのです。

「今日はもう、来なさそうですね。いったん、休みますかアルノマさん」

「そうだね」

そして深夜、ほとんどの兵士が寝袋に包《くる》まって寝息を立てる時間。

この時間に活動をしていたのは、自分たち衛生小隊の夜勤担当と、一部の寝ずの番の兵士だけでした。

「じゃあ、寝る準備をしましょう」

自分たち衛生兵がテントを建てた場所は、レンヴェル軍の最後方で、周囲をヴェルディ中隊に固めてもらっている安全な場所です。

自分たちのみならず、非戦闘員の多く所属する部隊の多くがこの最後方に配置されていました。

それを、敵も予想していたのでしょう。

「……ん？　なんだか、外が騒がしいような」

「何かあったのでしょうか」

時刻は、深夜二時。一部の兵士が松明《たいまつ》を持って巡回している以外に、一切の光源のない闇に包まれた平野に。

「爆音？　誰か罠《わな》でも踏んだか……？」

「いえ、これは砲撃です！　皆目を覚ましてください、敵襲です！」

何度も西部戦線で耳にした、大地をえぐる魔砲攻撃の音が鳴り響いたのです。

自分は即座にテントの外に駆け出して、その夜空から降り注ぐ炎の雨を確認しました。

夜空に浮かぶ無数の流星は、自分たちのキャンプへまっすぐ降り注いできていました。

「総員、退避を!!　敵の砲撃の射程外に移動してください!!」

自分は声を張り上げて、部隊全員を起こしました。

敵が奇襲目標に選んだのは我々アリア大隊でした。

恐らくサバトの指揮官は、補給部隊や衛生部隊が最後方に配置されていると読んだのでしょう。

「これは……、これが砲撃⁉」

「いやぁぁぁぁ⁉　死んじゃうぅぅ！」

この的確な奇襲砲撃で、寝起きの我々は大混乱に陥りました。

夜の闇のせいで逃げる先すらわからず、右往左往した兵士たちが次々に焼き殺されていきました。

周囲は厳重に偵察されていたはずなのに、突如奇襲をかけてきたこのサバト軍はいったいどこに潜んでいたのでしょうか。

実はこの時、サバト軍は堂々と平野の窪地《くぼち》に潜んでいたのです。

ノエルの付近に、丘がありました。

その丘は起伏がかなり急で、その陰に兵士を中隊規模で伏せる事ができました。

ノエルの民にとって馴染《なじ》みの深い『蒲公英《タンポポ》の丘』と呼ばれる観光スポットで、その丘から見下ろす野原が美しいとされていた有名な場所なのですが……。

この近辺に詳しくないと蒲公英の丘なんて知りませんし、丘の裏に深い窪地があると一目で気付けません。

蒲公英の丘の地形と我々の進軍予想経路を見て、敵の指揮官は兵をその窪地に伏せる事にしたのでしょう。

この窪地は偵察兵《ていさつへい》が丘を登ればすぐにバレますし、逆に丘の上から銃撃されるリスクが高いので、普通の指揮官ならそこに兵を伏すことを怖がるのですが……。

今回奇襲してきたサバト指揮官は、普通の神経ではないようです。

「[redacted]!!」

周囲から銃声が鳴り響き、粗暴《そぼう》なサバト語が飛び交いました。

声の届く距離に、敵兵がいる。

そう気づいた瞬間、自分は降り注ぐ砲撃魔法の雨を観察し方角を割り出しました。

「南西です、南西の方角から敵は撃ってきています」

「……各員、北東へ後退せよ!!　敵から距離を取ってください！」

「北に逃げろぉぉ!!」

まもなく暗闇の中から、ヴェルディさんの声が響いてきました。

彼が撤退命令を出してくれたので、堂々と後退できます。

「[redacted]ッ！」

「全員撤退、方向は北東を目指してください。駆け足！」

「あひゃぁあああ！　もう何よ、何なのよぉ！」

「寝起きの方は、荷物を捨て置いて構いません。ラキャさん、急いで！」

自分は小隊の全員が起きたのを確認し、先導するように走り出しました。

寝ぼけて方角を間違えて逆走する人がいないようにです。

しかし、

「……オーディさん、何をしているんです！」

「す、す、すいませーん！　こ、腰が、抜けて」

衛生小隊の全員が走り出せたわけではありませんでした。

看護兵のオーディさんが、尻餅《しりもち》をついたままパニックを起こし、立ち上がれなくなってしまったようです。

こんな場所に置いて行ったら、オーディさんは爆死してしまうでしょう。

――――今から背負いに戻る？　いえ、それは自殺行為です。

――――このまま見捨てたらオーディさんは、おそらく助かりません。

――――まずは、落ち着いてもらうように声掛けを……

自分は、その一瞬でオーディさんを助ける方法をいろいろと考えました。

しかし結局、有効な手段は思い浮かびません。

そして数秒間、自分が黙り込んでしまったことがマズかったのでしょう。

「あーもう、しょうがないわね！」

自分が何も言わぬうち。

気づけばラキャさんが逆走して、オーディさんを背負いに行ったのです。

「な――――何をやって」

「ほらオーディさん立ち上がって！　走るわよ！」

止める暇はありませんでした。

いえ、止めようとすれば止めれたのかもしれませんが、混乱のあまり指示を出せなかっ

たのです。

「大丈夫、あんなに辛い思いをして走らされてきたじゃない」

「あ、ありがとう、ラキャ」

「良いから、走るわよ」

オーディさんは涙声で、ラキャさんに感謝を伝えました。

そして、ラキャさんが看護兵に手を貸して立ち上がらせた直後、

「……え？」

突如、二人は閃光《せんこう》と共に、爆炎に包まれて火達磨《ひだるま》になり。

蹴っ飛ばされた空き缶のように、暗闇内に転がって消えました。

ジュウジュウと、肉が焼ける音を鳴らしながら。

「あ、ら、ラキャ君――」

「走って!!」

自分が立ち直り、張り上げた指示はただ走れというだけでした。

「ああなりたくなければ、走ってください」

「ひぃ……!!」

自分は部隊の先陣を切って真っすぐに走り続けました。

夜の闇の中、まだ降り注いでいる敵の砲撃に怯《おび》えながら、がむしゃらに走り続けました。

「あと百メートルも走れば射程外です！　頑張って！」

振り返ると、ラキャさんとオーディ看護兵以外は全員ついてきてくれていました。

欠員は、二人だけのようです。

「こっちです衛生小隊、この坂の下に隠れてください！」

「ヴェルディ少尉《しょうい》！」

ヴェルディ少尉は既に、窪地を確保していました。

自分は彼の案内に従って、衛生小隊全員を纏《まと》め、

「トウリ衛生小隊、合流しました」

「よし、私の中隊はトウリ衛生小隊を護衛せよ。周囲の敵を警戒！」

無我夢中で、ヴェルディさんの下へと走り込みました。

「――――■■■■!!」

銃撃と砲撃の音が飛び交う、戦場の真っただ中。

ろくに応戦もできないまま、戦友たちが地に倒れていくその場所で。

「■■■■っ！」

「……女性の、声？」

自分は確かに、聞きました。

戦場に不似合いな、氷のように冷たく澄んだ、サバト兵士の声。

「……■、■■シルフ・ノーヴァ――――」

その単語は、人の名前なのか。

ザワリと自分の脳裏にこびり付いて、気持ち悪いほど離れませんでした。

「ヴェルディ少尉、もう逃げて来る兵士はいません。生存者はこれで全員のようです」

「ありがとうございます」

それから二十分ほど、自分たちは窪地に隠れ続けました。

結局、炎の雨から逃げ出せたのは、中隊の半数以下でした。

「集まったのは何人ですか」

「百二十名ほどです」

「……そうですか」

ヴェルディ少尉の率いる歩兵の他に、洗濯兵や輜重兵《しちょうへい》など非戦闘員を多く含んでの、百二十名です。

待っても待っても、ラキャさんたちが走ってくることはありませんでした。

「ここは、敵の砲撃の射程外みたいですが……」

「敵の魔法兵が前進してきたらヤバいぜ少尉」

敵の砲撃は、まだ続いていました。

自分たちの前方では爆発音と共に炎が巻き上がり、平野を穴だらけにしていっています。

ラキャさんの様子を見に戻ることは、不可能でしょう。

「どうする、少尉」

「え、えっと……」

ヴェルディさんは額に汗を浮かべて、黙り込みました。

それもそのはず、自分たちは敵の砲撃により、アリアさんたち本隊から分断されていました。

我々は四方に敵が潜むなか、孤立している状況です。

新米指揮官であるヴェルディさんには、厳しすぎる状況でしょう。

「つ、通信は？　通信機はないんですか？」

「あります。ですが、魔力を使うと探知される危険が」

「うっ……」

現在、この場にいる百二十名で最も階級が高いのはヴェルディ少尉です。

ここにいる皆は、ヴェルディさんの指揮で行動するのです。

「なあヴェルディ少尉。早いとこ、アリア大隊と合流しましょうや」

「……そう、ですけど」

この場の百二十名の中に、アレン小隊はいませんでした。

彼らも犠牲になってしまったのでしょうか。

……いえ、そういった事を考えるのは後です。

今はまず、目の前の問題を解決することに全力を尽くさねばなりません。

「敵は南西から撃ってきてる。それで本隊と分断されちまった」

「そうですね」

「だからぐるっと北へ大回りして、敵を避けて合流しましょう」

ヴェルディさんが固まったのを見て、強面《こわもて》の偵察兵さんがそう助言しました。

……この人、たしかラキャさんのご友人二人の小隊長さんですね。

「俺たちが先の偵察を行います。少尉は、安全を確認した後に悠々ついてきてくださいや」

指揮官が新米の時、階級が下のベテラン兵士が実質的な指揮を執《と》るのは、軍隊でよくあることでした。

敵の砲撃から距離を取りつつ、多少遠回りになろうと友軍との合流を狙う。

この偵察兵さんの言う事は間違っていない、妥当な提案でしょう。

……ですが、自分の中の誰かが――――その提案をヤバいと感じました。

北へ進んで逃げるのは一見して正しいように見えますが。

その行動こそ敵の思う壺《つぼ》になるような、そんな予感がします。

「確かにそうですね。では貴方《あなた》の言うとおり、このまま北へ迂回《うかい》して――――」

「……その。意見をよろしいでしょうか、ヴェルディ少尉」

「おや。どうかしましたか、トウリちゃん」

この時の自分は、妙に冷静でした。

自分のせいで、ラキャさんとオーディさんを戦死させた直後だというのに。

「北回りは一見安全に見えて、全滅の危険があります」

「……ほう？　それはどういう事ですか」

「ええ、ご説明します」

何故《なぜ》か鼓動が早くなり、脳内は何処《どこ》までも冴《さ》え渡っていました。

それはマシュデールでゴムージと二人逃げていた時のような、感情の高ぶりでした。

「ヴェルディ少尉。我々は今から砲撃を避け、敵の潜む南西――その方向へ、突っ込んでいくべきです」

今、振り返ってみると。

前世の自分は『コレ』が大好きだったから、ＦＰＳゲームに没頭していたのです。

いつ殺されるかわからない緊張感。

どう逃げれば助かるのか、どう行動すれば生き残れるのか、それを考えている時の高揚《こうよう》感。

この感覚が好きで堪《たま》らなくて、ひたすらＦＰＳをやり込んでいたのです。

「……え？」

「自分は正気です、時間がないので手短に説明します」

これだけが、自分の取り柄です。

窮地《きゅうち》において、冷静に生存する可能性が高いだろう道を探し当てる。

それは敵を打ち倒せる強者の特技ではなく、死を恐れ逃げる弱者の技術です。

この世界で自分は、敵を倒すことなどできませんが。

絶体絶命の窮地で、生き残るためにどうすれば良いか考えなさいと言われた時だけ。

――――前世では、世界の誰よりも強かったのです。


【十月二十一日　回顧録】

「ヴェルディ中隊が、分断されただと⁉」

「敵の奇襲により、連絡が取れなくなったようです」

同時刻、アリア大尉《たいい》は砲撃音で飛び起きていました。

そして魔法の光が煌《きら》めく夜空を見て、敵が夜襲を仕掛けてきたのだと悟ったそうです。

「ヴェルディ部隊の大まかな位置も分からんのか」

「……現在、通信を試みているところです」

しかしアリア大尉はヴェルディ部隊の所在が分からなかったため、即座に救援を送れませんでした。

それどころかヴェルディ中隊を誤射する可能性が十分にあったので、反撃すら難しかったのです
「ヴェルディからの連絡は？　位置を報告させろ！」

「まだ、通信ができません」

「……死んでないだろうな」

ヴェルディ中隊には武器弾薬の予備や食料、衛生小隊に輜重兵部隊などが配置され、まさに軍の生命線といえました。

アリア大尉は、このヴェルディ中隊の保護を最優先せねばならなかったのです。

「急ぎ、敵の位置とヴェルディの位置を割り出せ。父……レンヴェル少佐にも応援を要請せよ」

「了解」

ヴェルディ中隊を救おうと頭を捻《ひね》りましたが、位置が分からないとどうしようもありません。

かくしてアリア大尉は歯《は》噛《が》みをしながら、好き放題をするサバト軍と睨《にら》み合う事しか出来なかったそうです。


一方で、そのころヴェルディ中隊では。

「サバト軍の方針は、包囲作戦であると予想します」

「包囲ですか？」

強面の偵察兵さんに睨まれつつ、自分は南西への進軍を提案した理由を説明していました。

「敵の砲撃の方向と距離から、恐らく敵は『蒲公英の丘』の背側に隠れていたと予想します」

「『蒲公英の丘』とは、どんな地形でしょうか」

「平野の中央に隆起した丘です。こちらからは見えにくいですが、裏に大きな崖があって二から三中隊ほど隠れられます」

自分は地面に、簡単な地図を描いてヴェルディさんに説明しました。

この丘は割と細長く、南西から北東にかけて伸びています。

背面の崖は高低差があって、崖下にはなだらかな広場があります。

自分が生まれるよりずっと昔に、大きな地震で隆起した丘だと院長先生に教わりました。

「恐らく敵はこの丘の南西部から、我々を砲撃したと思われます」

「……なるほど。トウリちゃんはノエル出身でしたね、このあたりの地形には詳しいのですか」

「ええ。ノエルはお散歩くらいしか楽しみがない、のどかな村ですから」

この辺の地形は、ヴェルディ中隊百二十名の中で一番詳しい自信があります。

……ノエル出身者は、おそらく自分だけなので。

「そしてこの丘を登る方法ですが、南西と北東のどちらかの坂道を利用すれば通行が可能です。逆にそれ以外の場所は、傾斜《けいしゃ》が急すぎて登れません」

「……ふむ」

「なので敵が部隊を分けているなら、北東にも布陣している可能性が高いでしょう」

蒲公英の丘を裏から登れる場所は、その二箇所のみです。

あの残酷なサバト兵が、奇襲砲撃だけで満足して逃がしてくれるとは思えません。

北東にも布陣してしっかり囲んで殲滅《せんめつ》してくると、そう思われます。

「このまま敵が包囲してくると仮定して。一番、包囲が手薄になりそうな場所はどこでしょうか」

「……」

「あわよくば、敵が包囲しないでくれる可能性のある場所はどこでしょうか」

「なるほど。蒲公英の丘を登って、敵の包囲網をやり過ごす案ですか」

敵が蒲公英の丘の上まで、兵士を配置するとは思えません。

我々が、砲撃方向である丘の方に逃げてくるとは考えないはずです。

そもそも丘の裏は急斜面の崖なので、逃げ場があるように見えないでしょう。

敵はきっと丘の中央部は無視し、平野部で待ち構えているはずです。

「この夜の闇です。敵も我々を狙って砲撃できているわけではありません。現に我々が逃げた今も、同じ場所を砲撃し続けています」

「……」

「敵の砲撃がない場所を伝って、前進するべきです」

自分は、そう言ってヴェルディ少尉に意見を具申しました。

……後は、ヴェルディさんが自分を信じてくれることを祈るのみです。

「危険すぎるし、論外だ。衛生兵長が、作戦に口を挟むな」

「……ですが」

「衛生兵長。敵が貴官の読みどおりに動いているという、保証はどこにある？」

強面の偵察兵さんは、自分の意見を聞いてもなお反対の様子でした。

余計な口を挟むな、と言いたげです。

「奇襲を受けた場合は変な事をせず、堅実に行動するべきだ少尉」

「……ええ、それは確かに」

「人は混乱するとパニックになって、理解不能な行動を取りがちだ。奇襲を受けたから、奇襲を受けた方向に進むなんてアホでしょう。そんな少女の言う事を真に受ける必要はあるまい」

「自分は方針を提案したまでです。今の案が最善であると確信しています」

「さっきの意見には想像や推測が多すぎる。机上の空論としか聞こえない。もっと地に足の着いた提案をすべきだ、衛生兵長」

男はそう言って、自分の意見を一蹴しました。

まぁ、確かにいろいろと推測の混じった意見であることは認めます。

「そもそも丘に登った後、どうするつもりだ。逃げ場を失うだけじゃないか」

「それは、お任せください。地元民なら誰でも知っている、丘の下まで一直線の素敵な滑り台がありますので」

「……それは危なくないのか」

「危ないので、小さな子供は使っちゃダメと言われておりました。ですがご安心下さい、見る限り年齢制限に引っかかりそうな兵士はいません」

「貴官が大丈夫なら、そうだろうな」

ですが、こういった時の自分の直感は外れたことがありません。

自分は丘を越えて撤退するのが安全であるという、この直感を信じます。

「北に敵が展開していようと、俺の部隊が偵察すれば安全な進路を割り出せる。奇をてらった作戦など、実戦には必要ない」

「ですから。北には恐らくもう逃げ場なく敵が包囲してる危険があります」

「だったら、どこか薄い場所を探して一点突破すればいい」

「全員が貴方《あなた》のような兵《つわもの》であれば、それも可能でしょう。しかし残念ながら自分の衛生小隊は、突撃作戦に耐えうるような経験も訓練も積んでおりません」

「それは貴小隊の練度の問題だ、兵士であるなら練度不足を言い訳にするな」

「そのご意見こそ、机上の空論でしょう。実戦である以上は配属されたばかりの新兵の練度を、考慮すべきです」

ここで引いたら、甚大《じんだい》な損害が出る。

自分はそう確信し、偵察兵さんにしつこく食い下がりました。

これ以上、戦友を失いたくはありません。

「どうするんです、ヴェルディ少尉」

「……ヴェルディさん」

「うっ……、えっと、えー」

自分と偵察兵さんの意見を聞き、ヴェルディさんは目を泳がせていました。

申し訳ないとは思いますが、自分はこれ以上誰かを死なせたくないのです。

「方針を決定するのは貴官ですよ、少尉」

「信じてください、ヴェルディさん」

「あーっと、その、どうしようかな」

両隣から声をかけられ、ヴェルディさんは困り顔でしばし沈黙しました。

そして数秒眉を曲げた後、覚悟を決めたのか顔をあげて、

「……よし。よし、決めました」

「おっ」

決断を下しました。

――――この時の、ヴェルディさんの決断の根拠は。

「戦場において正しい判断をするためには、情報収集が必須です。情報が多ければ多いほど、正しい判断ができます」

「……で?」

「トウリちゃん――――、このノエル付近の住民だった彼女は、我々より地形の情報を有しています。となれば、トウリちゃんの判断が正確な可能性が高い」

「ヴェルディさん！」

「トウリ衛生兵長に命じます。我々を先導して、貴官の思い描いた撤退路まで誘導してください」

この真っ暗闇で地形情報が何もない中では、ベテラン偵察兵といえど勘や推測でしか先導ができません。

それならば、地元民である自分の案内で行動したほうが、まだ生存率が高いでしょう。

と、いう判断のようでした。

「……少尉のご判断なら従いますがね。だったらせめて、俺の部隊で先行偵察するのは許してもらえますか」

「許可します。貴方の偵察であれば、安心できます」

「へいへい、お任せを」

偵察兵さんはたいそう不満げな顔で、自分を睨みつけました。

強面なのも相まって、かなり怖かったです。

「では、急ぎましょう。ここからはまず、南へまっすぐ森林沿いに移動しようと思います」

しかし、提案を受け入れてもらえたからには全力を尽くすのみです。

砲撃を受けてない道を選んで、この百二十名を蒲公英の丘まで案内してみせましょう。

「そして川に突き当たった後、森の中に入ってから蒲公英の丘へ隠れて移動します」

「よし、分かった」

「はい、おそらく南に進んで十分以内に小川が見えると思います。その地点までの偵察を、お願いします」

しかし、彼こそ戦場で最も頼るべき偵察兵です。

敵に突っ込むだけで良い突撃兵と違って、偵察兵は無尽蔵《むじんぞう》の体力と視野の広さ、抜け目のなさなど様々《さまざま》な適性を要求される兵科です。

こういった遭遇戦において勝利に大きく貢献するのは、突破力より索敵能力です。

軍隊で怖い人は優秀な事が多いので、存分にその力をお借りするとしましょう。

「……安全だ、敵の気配はねぇ。ヴェルディ少尉、上層部と連絡はつきましたかい？」

「いえ、取っていません。通信を行うと、魔力を探知されて位置を特定される可能性がありますので。しばらくは通信を封鎖するつもりです」

「なるほど。じゃあ、この衛生兵の案内に従うのは確定ってわけですかい」

「まだ不満だったんですか……」

強面の偵察兵さんは不満そうでしたが、さすがは軍人です。

新米とはいえ、上官であるヴェルディ少尉の命令にはしっかりと従っていました。

「次はどっちだ、衛生兵長」

「……。少し南に寄りすぎてますね、このままだと敵の砲撃拠点にぶつかりそうです。進路をやや北に微調整しましょう」

「なら、こっちか」

その男の偵察は、仕事が早く丁寧で。

自分が指示した道を、正確に偵察し続けてくださいました。

「……この丘が、あんたの言ってた蒲公英の丘ってやつか」

「はい。一面に蒲公英の花が咲いていた、とてもきれいな場所でした」

「確かに、この南に魔導兵が陣取ってやがった。大当たりだ、嬢ちゃん」

彼は強面なだけでなく、思ったとおりに優秀な軍人のようで。

敵に見つかることなく、魔導砲兵部隊の位置を特定してくれました。

それだけではなく、

「北に二百メートルほど進めば、空白地帯がある。そこからなら、丘の頂上を目指せる」

「おお」

後半になると、自分の地形の記憶より彼の索敵情報の方が、遥《はる》かに有用でした。

これだけの索敵能力を持ってたからこそ、自信満々に未知の土地でも方針を示せたのでしょう。

彼の活躍はそれだけにとどまらず。更に、

「……ここが、滑り台です。ここから滑れば、丘の下までスムーズに移動できます」

「下が暗くてよく見えねぇな」

「この下に、敵がまだ残っている可能性も……」

「はいはい分かりました、我々偵察兵が先行しますよっと。もし敵兵がいたら、即座に銃撃してぶっ殺すこと。そんでもし下で銃声が響いたら、別のルートを探すとしよう」

「了解、よろしくお願いします。ご武運を」

「いや、俺は行かねぇぞ。おい、そうだな、ダッポ。お前が行ってこい」

「えええ⁉」

滑り台の先の偵察――――、もし敵が潜んでいたらまず助からない死地の偵察も、快《こころよ》く引き受けてくださいました。

まぁ正確には、彼の部下ですけれど。

「銃声はないな。よし、次のヤツ行ってこい」

「……」

「何だよ、小隊長が先陣を切るわけねーだろ。誰でもできそうな威力偵察は、死んでも替えが利くヤツの仕事だ」

結果、幸運にも滑り台の下に敵兵はいませんでした。

敵の包囲をこうして突破できた後、我々はそのまま戦場を遠回りしてアリア大尉の陣地を目指すことになりました。

敵の砲撃によって被害を受けたものの、ヴェルディ少尉の元に結集してからは一人も負傷兵を出しておりません。

……厳密にはラキャさんのご友人の兵士が、キョロキョロと不安そうに自分の衛生小隊を眺めて騒ぎ、強面の偵察兵さんにブン殴られましたが……それだけです。

こうして我々百二十名は全員、土埃《つちぼこり》まみれになりながらも味方との合流に成功したのでした。


「アリア大尉、ようやくヴェルディ部隊と連絡が付きました」

「本当か！」

こうして、激動の夜は終わりました。

「よし、奴等《やつら》は今どこにいる。生き残りはどれほどだ⁉」

「それが……」

この敵の奇襲により、ヴェルディ中隊には大きな損害が出ました。

しかし自分たち百二十名の兵士は、無傷で撤退できたようです。

「物資や衛生小隊を保護した上で、まもなく本拠点へ帰還するそうです」

「は？」

このような難しい状況の撤退戦で、初めて指揮を執った若きヴェルディ少尉が挙げた戦果に、皆が驚きました。

撤退が完了するまで通信を封鎖していたヴェルディ中隊は、敵味方とも予想できない瞬間移動を成し遂げたのです。

この一戦で若き名指揮官ヴェルディの名は、両軍に轟《とどろ》く事になりました。

【十月二十二日　回顧録】

「やってくれたな、ヴェルディ！　私は前々から、お前には見所があると思っていたぞ」

敵に分断・包囲されたヴェルディ中隊を、独力で撤退に成功させたこと。

その戦果にアリア大尉は大いに驚き、そして喜んだそうです。

「……え、あ、どうも光栄です」

「どうした？　歯切れが悪いな、もっと誇れ」

ヴェルディさんが撤退を成功させた部隊には、衛生兵など非戦闘員が多く交じっていました。

熟練の指揮官でも、昨晩のような状況であれば全滅は必至でしょう。

そんな難しい撤退を、少尉になったばかりの従弟《いとこ》ヴェルディがやってのけたのですから、アリア大尉の喜びはひとしおだったと思われます。

「報告のとおり、私はトウリちゃんの案内にしたがって脱出しただけですから。今回の功績は、彼女に帰属して……」

「馬鹿言え、立派なお前の手柄だよ」

ヴェルディ少尉は当初、自分に手柄を譲ろうとしたようです。

あの撤退戦の際、道筋を指示したのは自分で、安全を確認していたのは偵察兵さんの小隊でした。

ヴェルディさんは「部下に任せて何もしていない自分が、功績だけ受け取っていいのか？」と、罪悪感に囚《とら》われていたそうです。

ですが、

「指揮官は、自分で作戦立案ができればそれに越したことはないが。部下の提案を吟味し、適切に採用するのも大事な仕事だ」

「……」

「お前は、まだ実績もほとんどない衛生兵の提案を自己責任で採用し、戦果をあげた。紛れもなく昨晩の撤退劇は、トウリの案を採用したお前の戦果に違いない」

アリア大尉は、自分に戦果を譲る提案を却下しました。

そして昨日の戦果は紛れもなくヴェルディ少尉の功績であったと告げ、ついでに、『これ以上トウリに昇進《むり》させてどうする』と苦笑したそうです。


このアリア大尉の判断には助けられました。

この時の自分は、正直いっぱいいっぱいでした。

ラキャさんの件も含め、ドン底の精神状態だったと思います。

「トウリへの褒章は、昇進以外で何か考えよう。戦功はお前が受け取っておけ、ヴェルディ」

「了解です、従姉上《あねうえ》」

この撤退戦の功績は、ヴェルディさんに帰属することとなります。

ヴェルディさんは中尉《ちゅうい》に昇格し、勲章《くんしょう》を授与されることになったそうです。

彼はこれをあまり喜ばず、身の丈に合わない事だとむしろ落ち込んだそうです。


しかし本作戦におけるヴェルディさんの功績は、とても大きいものでした。

敵に認知されぬまま撤退を成功させたので、サバト軍は夜闇の中、いるはずのない我々を探し回っていたのです。

そして夜が明けて太陽の光が平野を照らし始めると、

「敵の位置を確認した。砲撃部隊、反撃せよ！」

「おっしゃぁ!!」

アリア大尉率いる砲撃部隊とレンヴェル少佐からの応援部隊が、サバト軍へ一転攻勢を仕掛けたのです。

夜襲で魔石を使いきっていたサバトは、総撤退に追い込まれました。

そして互いに距離を取り、森林や平原の起伏に隠れて睨み合うことになりました。

オースティン軍はサバトの奇襲でそれなりの損害を受けましたが、敵の損害も同程度と推定されています。

不意打ちの奇襲を食らって損害が五分なら、上出来《じょうでき》と言う他ありません。

「敵だ、塹壕《ざんごう》を掘れ」

「歩兵の仕事は穴掘りだ！」

敵軍の奇襲を受けた後。

我々はマシュデール付近まで後退し、塹壕を作り始めました。

敵を見つけたら、まず塹壕掘り。これが、戦争の基本です。

「このまま敵を、釘付《くぎづ》けにしてやろう。後方の補給線を、南部軍が切ってくれるまで」

「いや、多分そのうち敵は逃げ出すぞ。追撃のチャンスを逃すな、偵察兵はよく見張っておけ」

マシュデールは首都とかなり近い都市です。この場所で戦線を構築すれば、オースティンが有利に戦えます。

我々は楽に補給を受けることができますが、サバトはその限りではありません。

「追撃戦で、サバトに地獄を見せてやる」

そして追撃戦では、基本的に追撃をする側が有利です。

向かい合ってくる敵を撃つより、敵の背を撃つ方が簡単だからです。

ちまちま塹壕を構築して隠れつつ、罠を撒《ま》かれて撤退されるのが一番面倒ですが……。

補給線を脅《おびや》かされているサバト軍に、そんな悠長な事をしている時間は無いでしょう。

「……全身水脹《みずぶく》れ、この方はもう助かりませんね。次の方を運んできてください」

「了解です、トウリ小隊長」

そのように、戦局はオースティンが非常に有利だったのですが。

この時の自分の精神状態は、まさにドン底でした。

「リトルボス、大丈夫か？」

「ええ、問題ありません。それより、アルノマさんの補助を」

我がトウリ衛生小隊は、命の危機に晒《さら》された上に仲間を二名も失いました。

精神的にも人員的にも、大きな損害を受けたと言えましょう。

オーディさんやラキャさんと仲の良かったメンバーはショックが大きく、ミスが目立つようになりました。

しかし戦闘があったので、衛生部には山のように負傷兵が運び込まれていました。

彼女らの死を悲しんでいる暇はなく、治療していかなければなりません。

「リトルボス、昨晩から働きすぎだ。ずっとフラついてるじゃないか」

「いえ、自分は徹夜に慣れっこなので」

「……せめて、秘薬を飲んできたらどうだ？　見てて危なっかしいよ」

しかしこの時の自分はむしろ、多すぎる仕事に助けられていました。

ラキャさんを見殺しにしてしまったという事実。

彼女が火に包まれる姿を思い返すたび、眩暈《めまい》と吐き気で頭がガンガンするのです。

目の前の負傷者に向き合って、治療を続ける方が心を平静に保てました。

「では、薬を取ってきます」

「……」

実際、たった三名の衛生兵では治療が間に合いません。

ケイルさんたちも奮闘してくれていますが、癒者《ヒーラー》の手が全然足りないのです。

マシュデールの前線医療本部なら、重傷者は後方に送るよう指示するだけで良かったのですが。

今回は、助かりそうでかつ治療のコスパの良い患者を選別し、この場で処置をしないと回らないのです。

「次の患者はアルノマさんに振ってください」

「……わ、わかった、やってみるさ」

「すぐ戻ってきます。厳しければ泣きついてください」

そう言って、自分はフラフラと歩きながら輸送物資の置いてあるマシュデール内の簡易倉庫へと移動しました。

休んでいる暇はありません、死んでいった二人のため、もっともっと働かないと。


倉庫の中は、真っ暗でした。

秘薬は地面に敷かれたシートの上に並べられており、まだまだ数は残っています。

そのうち一瓶《びん》を手につまむと自分は蓋を開けて一気に飲み干しました。

「ああ、何だか心が軽くなっていく」

秘薬には、精神の高揚効果があります。

辛いことや苦しいこと、嫌な気分などを一時的に忘れさせてくれるのです。

それは、何と素晴らしいことでしょうか。

「……おや」

薬を飲み干すと、頭痛が止まりました。

そしてフワフワとした酩酊《めいてい》の中で、倉庫内にいるある人物と目が合います。

「……」

「また、ここに来たのですか」

その少女は無表情に、倉庫の中央に立っていました。

彼女は全身に火傷を負って、ズタズタに軍服を切り裂かれ。

生気の無い真っ白な肌色で、瞳孔《どうこう》の開ききった目を此方《こちら》に向けています。

「……ラキャさん」

そう。

自分はあの日から、暗闇に彼女の姿を幻視するようになったのでした。

「あれはラキャさんが悪いんですよ。自分の命令を無視するから」

このラキャさんは幻影です。

あの騙《だま》されて従軍した十五歳の少女は、目の前で爆風に巻き込まれて戦死したはずです。

だから、こんな場所にいるはずがありません。

「自分はちゃんと、撤退を指示しましたから。その命令を無視し、オーディさんを背負いにいったのはラキャさんです」

「……」

「命令の遵守の重要性は、何度も説明したでしょう。そんな目で自分を見ないでくださ い」

「……」

これは、自分の心の産み出した幻覚です。

それは理解しているのですが、
ラキャさんは責めるような目を向けたまま、ずっと無表情に自分を睨んでくるのです。

言い訳をしてしまうのも、仕方ないと言えるでしょう。

そうです。

あの一件は、ラキャさんの自己責任。自分の責任ではありません。

そのまま命令のとおり、オーディさんを見捨て逃げ出していれば。

オーディさんは死んでいたかもしれませんが、ラキャさんだけは助かっていたのに。

そう、彼女が言うことを聞かないから――

「……」

本当に、そうなのでしょうか。

果たして、ラキャさんは命令無視をしたのでしょうか?

いえ、間違いなく命令を無視はしたのですが、その自覚は彼女にあったのでしょうか？

ラキャさんは、新兵です。

彼女は集合時間すら守れぬほどに、軍隊というものを理解していない一般人です。

「……もしかして、ラキャさんは」

自分が初めて戦争に参加した頃は、どうだったでしょうか。

サルサ君と二人で、ガーバック小隊長の背中を追いかけて走っていた頃。

空から無数の砲撃が飛んできて、サルサ君が魔法罠で足を負傷した時、自分はどうしたでしょうか。

――命令無視した自覚もなく、サルサ君に駆け寄って助けにいったのはどこの誰？

「……もしかして貴女《あなた》は、負傷した仲間を助けるのは常識だと思っていて。自分の命令に違反したつもりなど、なかったのですか？」

そうです。

サルサ君を助けた時、自分はガーバック小隊長の命令に逆らっているなんて自覚はありませんでした。

他人が危険な場所で動けなくなった、だから助けよう。

そんな当たり前の感覚で、行動を起こしました。

「ああ、それなら理解できます」

ラキャさんは心優しい少女です。

心優しいからこそ、回復魔法の素養が発現したのです。

「その過ちは、自分も犯したことがありました」

命令を無視したという自覚すらなく、上官の想定と全く違う行動を取ってしまう。

だから新兵は、命を落としやすいのです。

ラキャさんには、自分の犯した命令伝達ミスの話をしておくべきでした。

新兵が、そんなミスを犯しうる事を自分は知っていたのですから。

だって、その件についてガーバック小隊長に全身骨折する勢いでボコボコに殴られ、指導を受けましたので。

ああ、あの時のガーバック小隊長の指導は正しかったのです。

サルサ君を助けに行った時、一歩間違えれば自分は死んでいたのです。

当時はガーバック小隊長の苛烈《かれつ》すぎる暴力に対し不満すら感じていましたが、小隊長の立場になって初めてわかりました。

あの戦場のエースが、自分にトラウマを植え付ける勢いで体罰を科したその意味を。

「……なら」

なぜ自分は、ガーバック小隊長の話をラキャさんにしなかったのでしょうか。

かつて自分が指導を受けたその話を、かつての自分と同じ新兵であるラキャさんにどうして共有しなかったのでしょうか。

もしその話を前もってラキャさんが聞いていたら、オーディさんを背負いに行ったりはしなかったんじゃないでしょうか。

「そうですか。つまり、ラキャさんが死んだ原因は」

「……」

真っ白いラキャさんの生気の無い目が、ずっと自分を射抜いています。

彼女は死にました。

爆風に巻き込まれ、蹴っ飛ばされた空き缶のように夜の闇に消えていきました。

もしかしたら、しばらく息があったかもしれません。

燃える全身の火傷の痛みに苦しみながら、自分たちが誰も助けに戻ってこないことを知り、絶望して死んでいったかもしれません。

「自分の怠慢《たいまん》が原因、だったと。貴女《ラキャ》はそう仰《おっしゃ》りたいのですね」

鼓動がドクンドクンと早くなります。

無言で恨みがましい目をしたラキャさんが、倉庫の中でじっと睨み付けてきます。

「……ああ」

その視線を受けて、自分は微かに息が切れ始め、頭痛と目眩《めまい》が襲ってきました。

彼女の怒りには、正当性が十分にあったのです。

「そうです、そのとおりです――」

吐きそうになりながら、自分はラキャさんの前に屈《かが》み込《こ》みました。

ごめんなさい、申し訳ありません、自分はあまりに上官として未熟でした――

「おーい！　リトルボス、大丈夫か⁉」

「へ？」

次の瞬間、倉庫の扉が開かれて。

心配そうな顔のケイルさんが、自分の前に姿を見せました。

「ずっと戻ってこないから、声を掛けに来たんだ」

「ああ、すみません。少し、ボーっとしていたようです」

「その、ボス。……何を、ブツブツ言ってたんだ？」

「いえ、別に」

ケイルさんに声をかけられ、自分は慌てて立ち上がります。

こんなところを、年上とはいえ部下であるケイルさんに見せるわけにはいきません。

「すぐ、戻ります」

「……ちょっと休んだ方がいいんじゃないか？　ボス、あんたの顔色すごいことになってるぞ」

……ああ、やってしまいました。

ただでさえ貴重な時間を、幻覚とお喋《しゃべ》りして潰してしまうなんて。

ケイルさんは、呆《あき》れてないでしょうか。

「いえ、心配をお掛けしてすみません。もう大丈夫です」

「そうか……」

まだまだ患者さんは運ばれてきています。

ラキャさんを戦死させた反省は、後からでもできます。

今はラキャさんの事は一旦忘れ、救える命のために奮闘するべきです。

「では、行きましょう。ケイルさん」

「あ、ああ」

自分は気合いを入れ直し、ゆっくり立ち上がりました。

眩暈やふらつきも、薬のお陰かマシになっています。

「おや、どうしたんですか」

「……リトルボス？」

心地よい酩酊の中で、自分はその場で振り返り。

「早く行きますよ、ラキャさん」

「……っ」

いつまでもその場に立って動かぬラキャさんに、声を掛けたのでした。

【十月二十五日　回顧録】
「その方はもう助からないでしょう。どこか邪魔にならない場所に、寝かせてあげてください」

敵の奇襲から、およそ三日が経ちました。

冬も間近、マシュデールという拠点を背に形成された両軍の睨《にら》み合《あ》いは、オースティン側が優勢に進めておりました。

敵は奇襲攻撃で我々に損害を与えた後、すぐ西部戦線へ折り返すつもりだったと思われます。

ヒット&アウェイ戦略で物資を節約しつつ、我々の臓腑《ぞうふ》と呼べる後方部隊を壊滅《かいめつ》させ、自壊を狙う。

その作戦が成功していたら、我々はさぞ痛手を負ったことでしょう。

「なあ、リトルボス」

「……？　何でしょうか、ケイルさん」

なぜ敵の狙いが、ヒット&アウェイだったと言えるのか。

それは敵が、明らかに短期決戦の準備しかしていなかったからです。

オースティン側はこの三日間、ずっと攻勢をしかけました。

しかし、サバト側からの銃弾や砲撃の撃ち返しは、潤沢《じゅんたく》とは言えませんでした。

彼らは攻勢を強める我々を前に、ジリジリと背を向けぬように塹壕越しに応戦しつつ、後退するだけです。

その動きからも、敵の今の戦術目標が撤退であると予想されます。

「ボスが最後に休んだの、何時《いつ》だ？」

「……、えーっと」

サバト軍はさっさと撤退したいけど、銃口を向けている我々に背を向けて走れないので、チマチマ後退している状況と思われます。

戦闘が始まったというのに、この人数の減った衛生小隊で回せているのは、そういった背景もあるのでしょう。

「ドクターストップだ。リトルボス、少し休憩してきてくれ」

「どうしてですか。自分はまだ、気力に溢《あふ》れています」

「……君《きみ》を今動かしているのは、気力と言えない」

しかし、仕事が回せているとはいえ、決して余裕があるわけではありません。

ラキャさんは新米衛生兵といえど、回復魔法は使えたので軽傷の人を振る事はできました。

ラキャさんが抜けた今、やはり人手が全く足りていないのです。

「今の君を動かしてるのは、執念……。いや、妄執《もうしゅう》だ」

「違います、気力ですとも。それに、自分が休む暇なんて無いでしょう」

「そう。君にまで倒れられたら困るんだ」

「……」

「僕が踏ん張るから一時間だけでも、仮眠を取って来てくれないか」

だというのに、ケイルさんは自分に何度も休憩を取れと進言してきました。

こう見えて、自分は徹夜に強いです。西部戦線の野戦病院では、一週間ぶっ続けで働き続けた経験があります。

まだ、自分に休憩は必要ないでしょう。

「……ダメですよ、ケイルさん」

「どうして」

「だって」

自分はケイルさんの進言を却下して、再び次の患者さんの診察へ向かいました。

まだまだ、自分の身体《からだ》は動きます。

「自分が休むと、ラキャさんが怒りますから」

「……」

「じっと見詰めてくるんですよ。彼女、暗いところで何時も立ってるんです」

それに寝ようとすれば、ラキャさんが自分を魘《うな》しに来てしまいます。

ラキャさんを見殺しにしておいて、のうのうと休むなんて許されるはずもありません。

「……自分から、仕事を奪わないでください」

「リトルボス……」

「何かを考えてないとダメなんです。何かをしていないとダメなんです」

そんなラキャさんも、患者を診察している時だけは何も言ってきません。

彼女だって分かっているんです、患者を治療する事の大事さを。

だから自分がサボろうとしない限り、ラキャさんは自分を責めないのでしょう。

「さあ、まだまだ頑張りますよ」

「……」

そういえばアリア大尉も、恋人が死んだ時。

何も考えたくなかったからか、没頭するように自分の仕事を手伝ってくれましたっけ。

今なら、大尉の気持ちがよくわかる気がします。

患者さんを前にして奮闘している方が、ずっとずっと気が楽になるのです。

「では次の患者さんどうぞ」

その自分の呼び声に合わせて、二人の兵士が自分の目の前に歩いてきました。

一人は足が折れていますね。

もう一人は、そんな兵士に肩を貸している様子です。

「では、負傷の状況を教えていただけますか。見た感じ、足でしょうか」

「爆風で吹っ飛んできた岩に、足を潰されて」

「……なるほど。ですがご安心ください、これなら整復すれば歩けるようになれますよ」

自分はいつものように患者さんに声をかけ、用意していただいたお湯で創部《そうぶ》を洗い流しました。

泥や腐った骨片などを取り除いた後、骨を元の形に固定しましょう。

そして魔力に余裕ができたタイミングで、回復魔法を軽くかければオッケーです。

「お願いします、衛生兵さん……」

「ええ」

さあ、いつもどおり頑張ります。

だって、こうして働いている限り、自分の心はとても穏やかで――

「おい」

「はい、何でしょう」

「……どうした。眼《め》が虚《うつ》ろだぞ、おチビ」

タオルを手に取って屈んだその時、とても聞き覚えのある声で話しかけられました。

自分がハッと顔を上げたら、そこでやっと足を折った兵士に肩を貸していたのが、

「ロ、ロドリー、君？」

「気付いてなかったのかよ」

ガーバック小隊の旧友にして、自分にとって誰より大切な仲間の一人。

ロドリー君だったことに気付きました。

「何で、えっと」

「……新兵が歩けないって言うから担いできてやったんだよ」

「あ、いや、その」

ロドリー君に会うと思っていなかったので、ぐるぐる、と頭が混乱し始めました。

彼には、大きな怪我《けが》は見当たりません。

本当に、負傷者の介助でついてきてくれただけなのでしょう。

「おお、君は確か……。私の小さな小隊長と、劇場デートに来てくれた男の子だね」

「お、アルノマさんだっけ、そういえばいたんだったなアンタ。俳優さんがよくこんな激務をやる気になったもんだ」

「ここまでの激務とは聞いてなかったけどね」

と、取りあえず落ち着きましょう。

自分の仕事は、目の前の負傷兵の治療です。ロドリー君が肩を貸しているのは、関係ありません。

まず、丁寧にデブリ（汚い組織を除去すること）を行ってから、洗浄を……。

「見てくれ、うちの小隊長はどう見ても限界なんだよ」

「……だな。まーた、何か溜《た》め込んでるのかおチビ」

「君、恋人なら何とか休むよう説得してくれないか。私やケイル副隊長がどれだけ進言しても、受け入れてくれないんだ」

「あ?　恋人?」

「ちょっと、アルノマさん⁉」

丁寧にいつもどおり、処置をしようとしたらアルノマさんがとても余計な口を挟んできました。

変なことを言わないでください。

「デートしてたし、違うのかい？」

「違います、前にそう説明しませんでしたか」

「恋人ってか妹だなァ。ま、それはどうでも良いや」

ロドリー君は照れた様子もなく、自分を睨んで溜め息を吐《つ》き、

「おう、おチビ。お前さ、信頼される小隊長になるとか言ってなかったか？」

「へ？　え、ええ」

「部下の二人が口揃《そろ》えて休めって言ってんなら、ちゃんと休め」

ペチン、と自分の額を指で弾きました。

「あ痛っ！」

「お前も俺もまだまだ新米隊長なんだから、部下といえど年上の意見は尊重しましょう。はい復唱」

「え、え？」

「お前はまだチンチクリンの新米隊長なんだから、部下の言うことを尊重しましょう。良いから復唱しろやァ！」

「は、はい！」

自分はロドリー君の一喝《いっかつ》を受け、慌てて彼の言葉を復唱しました。

あれ、でもちょっと待ってください。何で自分が、ロドリー君に復唱《ふくしょう》を命じられなければならないのでしょう。

ロドリー君、上等歩兵ですよね。自分の方が、階級、上ですよね……？

「撤退戦の話、聞いたぜ。ヴェルディさん、今回のお前の誘導をベタ誉《ほ》めしてたぞ」

「あ、いえ、自分は」

「だけど、ヴェルディさんが戦果をあげたのも、ちゃんと部下の提案を受け入れたからだ。だったらお前もちゃんと、他の人の意見を受け入れねぇと」

「で、でも」

「チラッと顔見ただけで、今のお前のヤバさくらい分かるわ。そんな顔色じゃ処置される側も不安だっつの」

ブツクサとロドリー君は自分へそうボヤいた後、

「俺がやった変な狐人形《きつねにんぎよう》でも抱き締めて寝てこい。この新兵が足折ったのは自業自得だから放っておいても構わねぇから」

「え、ロドリー分隊長？」

「新兵が調子乗って前に出すぎるからだ。次からはちゃんと、アレン小隊長の指示に従え」

自ら運んできた負傷兵に説教しながら、自分の首根っこをヒョイと摑《つか》んで立ち上がらされました。

「でも、ロドリー君」

「でももクソもねェ」

そのまま自分はシッシと追い払われそうになります。

ですが今、自分が一人になってしまえば、またあの幻覚に苛《さいな》まれる事に……。

「どうした、歩かねぇなら引きずっていくぞ」

「……」

……。

「その。では一人になるのは怖いので、引きずってください……」

「あ?」

暗闇に立つラキャさんを思い出して身体が震えそうになったので。

自分は半ば、懇願《こんがん》するようにロドリー君の手を握ったのでした。


「……あー。そんで思いつめた顔してたのかよ、おチビ」

「だって自分のせいで、ラキャさんが」

結局、自分はロドリー君に手を引かれて休憩所を目指すことになりました。

彼が連れてきた負傷兵は、ケイルさんが引き受けてくれることになりました。

「んなもん気にせずとっとと忘れて、糞《クソ》して寝ろ」

「で、ですが!」

「初めて小隊長を任された人間が、何でもかんでもできる訳ねぇだろ。アレンさんだって
ポカしまくってんだぞ」

「……」

その間、ロドリー君に何をそんなに悩んでいるのかと訊かれ。

自分は先の奇襲の際、自らの不手際でラキャさんを死なせてしまった事を打ち明けました。

「西部戦線の時とかも、戦友なんて死にまくってたじゃねぇか。何をいまさら」

「だって、ラキャさんは自分の部下で」

「部下だって新兵なら死ぬよそりゃ。お前、ガーバック小隊長を思い出してみろ」

自分はあの優しく、素直で明るかったラキャさんの事を思い出すたび泣きそうになります。

ですが、ロドリー君は自分の話を聞いてもやれやれといった顔をするだけでした。

「おチビ、お前が小隊長としてガーバック軍曹に勝ってるところがどれだけある？」

「へ？」

「あの人はアホみたいに厳しいしムカつくけど、上官としちゃ優秀だった。それで、おチビはどうだ」

ロドリー君は自分とガーバック小隊長を比べてみろと言いました。

そんなの、考えるまでもありません。衛生小隊長に任命されてから何度、自分がガーバック小隊長だったらと夢想したか分かりません。

自分は、何もかも彼に届いておりません。

「そんなの、自分とエースを比べる事なんて」

「ああ、そりゃそうだ。だがそのガーバック小隊長ですら、突撃するたびに毎回死者を出してたんだぞ？」

ロドリー君は呆れるように、そう言いました。

「お前は責任感を持ちすぎなんだよ。部下の命を軽視しろとは言わないが、重荷として背負いすぎるな」

「あ、でも」

「もし、今のおチビがガーバック小隊長なら……。その死んだラキャって衛生兵の死を気にも留めず『今度はもっと使える部下をよこせ』ってレンヴェル少佐に詰め寄っていただろ。絶対」

……。確かに、ガーバック小隊長なら部下の死なんて一切気にしなさそうですけど。

「ですが、自分にはあっさりラキャさんの事を忘れて切り替えるなんて無理です」

「ま、お前にゃ無理だろうな。だけど、抱え込みすぎて他の部下に心配かけるのはいただけねェよ」

「……」

「俺たちにはとても頼りになった先輩がいただろ。あの人の言葉を思い出せ、話はそれで終わりだ」

ロドリー君はそういうと、自分を休憩場所である倉庫のドアの前で手を振って、

「今は悪いが俺も忙しくてな。また、休養日が貰《もら》えたら顔を見に来てやるよ」

「あ、ええ、どうも」

「あんま思いつめるなよ」

そのまま忙しそうに、診療場所まで引き返してしまいました。


――――仲間の死を悲しんで、前に進む強さを持て。


そんな誰より優しくて、格好《かっこ》の良かった先輩の声が頭に響きます。

ラキャさんの死は悲しい事です。そしてあの夜は、小隊長として反省すべき事の多い経験となりました。

ですが、前に進まなければいけません。彼女の死を悲しんで、立ち止まっている余裕なんて自分にはないのです。

「……ラキャさん」

暗い倉庫には、やはりラキャさんがまだ立っていました。

彼女は恨みがましい目で、自分をジトっと見つめてきています。

申し訳ありません。自分はラキャさんのことを忘れたりはしません。

ですが、今立ち止まってしまったら、救える命を救えなくなるかもしれないのです。

「……そうだ。狐さんの、お人形」

自分はロドリー君に言われたとおり、幼《おさな》いころから愛用していた狐人形を胸に抱きしめました。

小さい頃は、よくこうやって眠りましたっけ。

何かに摑まってベッドに入ると、自分はとても安心して眠れたのです。

「……」

ロドリー君の勧めた方法は、効果覿面《てきめん》でした。

人形を抱いた瞬間にラキャさんの姿が、気にならなくなってきて。

自分はラキャさんの見守る中で、やがて静かに寝息を立て始めたのでした。


「……すみません、ご迷惑をおかけしました」

「おっ」

ほんの一時間だけの仮眠のつもりでしたが、目を覚ましたら既に夕方になっていました。

どうやら自分は誰にも起こされず、かなりの時間休ませていただいたみたいです。

「かなりの時間、ケイルさんたちにお任せしてしまったみたいですね、大丈夫でしたか」

「安心してくれ、今日は撃ちあいが無かったみたいで。何とか回ったよ」

「お疲れさまでした、今からは自分が頑張りますので少しお休みください」

ぐっすりと眠れたのは、久しぶりな気がします。

それもこれも、ロドリー君のお蔭《かげ》でしょうか。

彼に話を聞いていただいて、ぐっと心が軽くなった気がします。

「そうか……、今は患者さんも少ないしね。じゃあ、お言葉に甘えて休ませてもらおうかな」

「うん、良い顔色になったね。これなら、大丈夫そうかな」

「……昼までは土気色だった」

「ご心配をおかけしました」

アルノマさんやエルマさんも、自分の顔を見て安心した様子でした。

そんなに、休む前の自分はひどい顔をしていたのでしょうか。

部下に心配をかけるとは、反省です。

「では、頑張りましょう」

「はいな」

客観的に思い返すとこの時の自分は、かなり追い詰められていたと思います。

あのまま無理をし続けていたら、精神的にぶっ壊れた新兵のような状態に陥っていたかもしれません。

そうしたら、部隊にどれだけ迷惑をかけたでしょうか。

ガーバック小隊長も「自棄《やけ》を起こした新兵が役に立つことは無い」と断言していました。

反省です。

「にしてもあのロドリーって兵士、なかなか見所あったね」

「……ちょっと言葉遣い汚いけど、根はいい子っぽいわ」

「ええ、彼は優しくて頼りになる、最高の戦友です」

後、ロドリー君については自分の小隊のメンバーからも評価は上々でした。

彼が褒《ほ》められるのを聞いて、なぜか自分も良い気分になりました。

「でも向こうはあんまりなリアクションだったけどねぇ」

「いや。気のない素振りをしてたけど、アレは押せば何とかなるんじゃないかな」

「しっかりアピールすれば、十分な可能性を感じるわ」

「……？　何の話ですか」

ただし、そんなロドリー君の襲来に一つだけ弊害《へいがい》があったとすれば。

「小隊長、ファイトだ」

「……ま、頑張りなさい」

「え、ええ。気合を入れて、頑張ります」

部下たちの間で、自分がロドリー君に片想《かたおも》いしているという誤解が広がってしまったようです。

途中で気が付いて否定をしたのですが、アルノマさんやエルマさんもニヤニヤとしているばかり。

まったくもって面倒なことです。

……ラキャさんが生きていれば、どれだけこの話に食いついたでしょうか。

一九三八年　夏　19

TSMedic's Battlefield Diary

店長の剣幕《けんまく》に押された私は、正直に白状した。

この前の休暇でトウリ氏の日記を拾った事。

その日記の中に、ラキャという少女の写真が挟まっていたこと。

「……私にも、その日記を読ませてくれないか」

「え、ええ。構いませんが」

私は、そのまま店主と、日記を読む事となった。

飯時だというのに店内は閑散《かんさん》としており、二人の男が隣り合って日記を読む図は、外からさぞ奇妙に映っただろう。

「……店主。貴方《あなた》に質問をしたいのですが」

「何だ」

「貴方《あなた》はトウリ氏とどんな関係だったのですか」

日記を読み進めながら、私は店主に質問した。

それに、この日記は本来、トウリ氏がアイザック院長に向けたものである。

無関係の人間に見せるなら、その理由を訊いておくべきだと思った。

「……どんな関係、か。そう言われると、困るな」

「友人とか、そういうのではないのですか」

「いや、違う。彼女は私の恩人……というのは変だな。仇《かたき》、というのも違うし」

店主とトウリ氏の関係は、複雑なようだった。

私の問いをはぐらかせようとしているのではなく、答えに困っているらしい。

「今の俺は、抜け殻なんだよ。だから彼女との関係も、上手《じょうず》に言い表せない」

「抜け殻？」

「俺は、まだ戦争に囚《とら》われている。だから、うまく言えないんだ」

店主はそこで初めて、人間味のある表情を見せた。

どこか懐かしむような顔で、店主は日記に挟まっていた写真を抜いた。

「見せてもらっても良いかな」

「もちろん」

その写真には、トウリ氏を中心に衛生兵服や看護服を着た兵士が集まっていた。

その中に、ラキャという少女の写真もあった。

「ああ、君《きみ》の顔を見るのは二十年ぶりだ。君は思い出のまま、若々しく可愛《かわい》らしい」

店主は、衛生兵ラキャを見つめて頬《ほお》を染めた。

そして震える声で、その写真に写る少女に向かって語り掛けた。

「俺は約束どおり、店を造ったよ。君の望んだとおり、メインメニューは魚のムニエルだ。他にも、君が好きだった料理やデザートをたくさん並べている」

「……店主？」

「君はまだそこに囚われているんだろ？　早く店に来てくれよ。俺はずっと準備して待ってるんだ」

そう写真に語り掛ける店主の目は、狂気に染まっていた。

もはや現実と、写真の中の過去との区別がついていない。そんな様相だった。

「聴きたい。もう一度、君の声が聴きたい」

「……」

「早く出てきてくれ。君が外に出てきてくれないと、俺はいつまでも戦争に囚われたままなんだ」

店主は懇願《こんがん》するように、写真を机に置いて頭を下げ続けた。

私はそんな店主に、声を掛けられなかった。

「頼むよ、ラキャ……」

やがて店主は、消え入るような声でそう呟《つぶや》いた。

西方行軍 3

TSMedic's Battlefield Diary

【十一月十日　昼】

「おい、今日もサバトの連中、後退してるぞ」

「そりゃ良い」

両軍が睨《にら》みあって一週間ほど、派手な交戦はなく静かに膠着《こうちゃく》状態が続いていました。

オースティン軍は首都で新兵を補充したとはいえ、あまり兵数は多くありません。

訓練度も高くないので、無理をし過ぎれば返り討ちにされるでしょう。

一方でサバト軍は兵数は勝るものの、補給線が危ういので大胆な作戦がとれません。

そもそもサバト軍は、こんな場所で戦線を押し上げても旨味《うまみ》もないでしょう。

オースティン軍が展開されているので塹壕《ざんごう》陣地を作っただけで、本音はすぐ撤退したいはずです。

お互いに正面衝突を避けたいから、大規模な戦闘が発生しないのだと思われます。

「このペースなら、そのうち南部軍が敵の補給線を断ってくれるだろう。我々は余計な事をせず、敵を足止めすればよい」

レンヴェル少佐は塹壕で手堅く守りを固め、敵がしびれを切らして逃げ出すのを待ちました。

敵もこのレンヴェル少佐の意図を察知していたからか、大胆な撤退行動を取れず。

かくして戦況は膠着《こうちゃく》し、持久戦の様相を呈し始めていました。

そうなると補給面で有利な我々が、どんどん有利になっていく……はずでしたが。

「げ、雪……」

神様がサバト軍に味方したのか、はたまた敵はこの天候を最初から待っていたのか。

我々の睨み合う塹壕に、真っ白な粉雪が降り始めたのです。

「雪が強まってきました」

「くそ、冬はまだ先のはずだろ？」

待っても雪は降り止まず、少しづつ降り積もり、大地を銀色に染め上げました。

それはサバト軍にとって、天の助けといえたでしょう。

「敵が撤退の準備を整えています」

「まずい、敵を逃がすな」

雪が降り始め、視界が悪くなった夜。

サバト軍は待ってましたとばかり、闇夜に紛れ総撤退を始めました。

無論、我々も追いかけたのですが……。

「サバトの連中、防寒具をしっかり用意してやがる」

「これは、追いつけないかも」

オースティンと比べサバトの気候は寒冷で、防寒装備は彼らに大きな分がありました。

防寒具の質は、進軍速度に大きく影響します。

体温を維持するにはエネルギーを消費するので、寒ければ体力を失うのです。

「……逃がしたか」

さらに雪上の移動は、彼らの方が慣れていたのでしょう。

我々も追撃を試みましたが、移動速度に差がありすぎて、痛手を加える事ができませんでした。

「……何て冷え込みだ」

かくして、雪に紛れ撤退したサバト軍を追いながら我々は進軍を続けました。

敵を見失ったため、我々は再び奇襲を警戒しながら偵察を行わねばなりません。

日を追うごとに冬は徐々に厳しさを増してきて、西に進むにつれてどんどんと気温は下がり、吐く息が白く濁《にご》ります。

「……」

冬に入ってから、オースティン軍の進軍速度は一日に五キロメートル以下になっていました。

雪で視界が悪いのに加え森林地帯が続いたので偵察時間が増え、キャンプ設営にも時間がかかるからです。

「どうして、今年に限って」

今年は異常気象で、例年より一ヶ月以上冬入りが早かったのです。

この早い冬入りが、オースティン軍のプランを大きく狂わせました。

オースティン側は勝機に水を差される形で、サバト側にとっては最高の援軍といえました。

戦闘が起こらないのは衛生兵にとってありがたいのですが、偵察兵《ていさつへい》にとっては地獄です。

肌も凍り付きそうな雪景色《ゆきげしき》の中を走りまわって索敵し、安全な進路を確保せねばなりません。

今までどおりの強行軍は、不可能でした。

「……天はオースティンを見限ったのか」

冬入りによる少佐の落ち込みようは、それは凄《すさ》まじいものでした。

アリアさんにこっそり理由を訊くと、オースティン首脳陣は『北部決戦構想』というプランで動いていたそうです。

これは『自軍の総兵力を以て敵の主力を短期決戦で打ち破る』という作戦でした。

具体的には南部軍がサバト軍の補給線を脅《おびや》かせば、敵は残った補給線を頼りに北上していくでしょう。

敵の主力が北部オースティンに集まるのに合わせ、こっちも兵力を結集させて総叩《そうだた》きにするというプランでした。

現在の我々の総兵力は、サバトの半分以下です。

作戦が上手《うま》く行ったとしても、倍の兵力差があるサバト軍を決戦で打ち破らないといけない構想です。

しかし、他にオースティンに勝機のありそうな作戦も思いつきませんでした。

国土の大半がサバトに焼かれたので、我が国に長期戦を行うだけの生産力はもうありません。

南部軍が奇跡の大勝を収めたこの機を逃さず、短期決戦を挑んで打ち破るのが最も現実的でした。

オースティン北部は主要都市が少ないので、大規模な戦闘を行っても市民の被害は大きくありません。

更に窮鼠《きゅうそ》となったオースティンの士気は高く、勝ちを逃したサバト軍の士気は低いでしょう。

オースティンが生き残るには、敵主力との決戦に勝利するしかない。

そんなレンヴェル少佐の主張で、北部決戦構想は可決されました。

決戦は三ヶ月後。

冬入り前までにサバト軍を北に追い込み、三ヶ月後に首都ウィンから送られてくる動員兵と合流し、決戦するプランだったようです。

「冬前に、せめて南部軍と合流したかったが」

「厳しいでしょうな」

しかしこの起死回生のプランは、気まぐれな冬将軍に阻《はば》まれてしまいました。

この豪雪では南部軍の進撃も止まり、サバト兵を北に押し上げるのは困難です。

たとえ押し上げられたとしても、まず自分たちが到着できそうにありません。

もし冬が明けるのを待ったら、敵は広い戦線を維持したままなので、物量差で我々を押しつぶそうとするでしょう。

そうなれば、生産力の劣る我々に勝ち目はありません。

レンヴェル少佐一世一代の大博打は、冬入りにより潰《つい》えてしまったのです。

一方で、そんな状況になっていることなど知らない歩兵たちは気楽なモノでした。

我ら衛生小隊は、彼等のおバカに振り回される日々を過ごしていました。

「凍傷で、指が……」

「これは、しばらく指が腫《は》れあがりますよ。どうして手袋を使わなかったのですか」

「賭《か》けで負けた罰ゲームで、一日防寒具を外したんです。風邪《かぜ》もひいたみたいで、へーックチュ」

「……」

冬に入ってから戦闘外傷はなくなった代わり、凍傷患者が増えました。

雪を舐《な》めた行動を取った兵士がしばしば、折檻《せっかん》の傷跡と共にやってくるのです。

「凍傷の患者さんの半分くらいは、自業自得なような」

「首都はあまり雪が降らないんだ。だから、兵士もはしゃいでしまったんだろう」

首都に住んでいたアルノマさんは、そう教えてくれました。

彼らの大半は、まだハイスクールに通《かよ》っている年齢なのです。

ですがその幼《おさな》い行動で仕事を増やされるのは、勘弁してほしいです。

【十一月十一日　昼】

「おう、衛生兵長。機嫌は如何《いかが》か」

「貴方《あなた》は、先日の偵察兵殿」

冬になって、しばらくしてから。

撤退戦で頼りになった、強面《こわもて》の偵察兵さんが衛生小隊に顔を出すようになりました。

「何か御用でしょうか」

「遊びに来ただけだ」

彼がここに顔を出す理由を訊くと、大概はニマニマした顔になって、

「前々から、衛生小隊とつながりを持っておきたかったからな。前の撤退戦で力を合わせた仲だ、そう邪険にすることもあるまい」

と茶菓子を持って遊びに来るという、何とも分かりやすい狙いでした。

「女は良い。いるだけで、男の心を穏やかにする」

「まぁ、生物の性《さが》でしょう」

彼は女好きを隠すつもりはないようで、若い看護兵を見てニヤニヤしていました。

ぶっちゃけ迷惑なのですが、上官ですし、手土産《てみやげ》にいろいろ持ってきてくれるので、自分が丁寧に応対しています。

「トウリ衛生兵長、貴殿も数年すればよい女になるだろう」

「恐縮です」

自分は知っています。こういう兵士は、隙あらば平気でセクハラを仕掛けてきます。

尻を触られるのも仕事のうち、と野戦病院の女性衛生兵も割り切っていました。

ただ自分の部下はセクハラ慣れしていません。

その被害を見過ごして、病まれてしまったら困ります。

「その時は存分に俺と飲んでくれ、ガハハ」

「光栄です」

まぁセクハラに関しては未成熟な自分が応対する限り、ほとんど被害はありませんでした。

彼の対応は、今後自分が行うとましょう。


まぁそんなセクハラ上官は、大した問題ではないのですが。

「……また、腕を庇《かば》っていませんか。アルノマさん」

「げ、バレちゃったか」

もう一つ自分が気になっているのは、アルノマさんがよく負傷していることです。

それも、パっと見ではわかりにくい場所……、腹部や腕など軍服で隠れる部位の傷です。

「今度はどうしたんですか」

「気温が下がってから、よく寝起きにフラついてね」

「また転倒ですか」

アルノマさんは恥ずかしそうに、打撲した部分を見せてくれました。

回復魔法を使えば一発なのですが、彼の魔力も大事な軍の資源です。

放っておけば勝手に治る程度の打撲だったので、軽く冷やすように指示をして話を終えました。

「気を付けてくださいね」

「いやぁ、面目ない」

アルノマさんは、とてもハンサムなお方です。

女性看護兵からも評判がよく、しばしばアプローチを受けることもあるようです。

紳士的な性格ですし、話も面白く、顔も美形。

「……あの。アルノマさん」

「何だい、小さな小隊長」

まさかとは思いますが。

いや、うちの部隊に限ってそんなことは無いと信じたいのですが。

「最近、イジメなどに悩んだりしていませんか……」

「大真面目《おおまじめ》に、そんな事を訊かれるとは思わなかった」

男の嫉妬による、イジメ。

ケイルさんはそんなことをしないと思いますが、男性看護兵や他の部隊の兵士からイジメをうけている可能性に思い至りました。

「集団ではどうしても起こりうる、デリケートな問題です。特にアルノマさんのような、嫉妬を買いやすい方はなおさら」

「心配しなくても良いよ、本当にうっかりの怪我《けが》なんだ」

「悩みは一人で抱え込まず、周囲の人に必ず相談してください。年下に相談するのは恥ずかしいかもしれませんが、自分にはそれを何とかできる権限があります」

「あははは……」

軍隊でのイジメは、非常に悪辣だと聞きます。

幸いにして自分はまだイジメられたことは無いのですが、信頼すべき戦友から負の感情を向けられるのは想像を絶する苦痛でしょう。

「人間関係に悩みもありませんか」

「本当に何もないんだ、君《きみ》の思い過ごしさ」

「本当、なんですね？」

「ああ」

自分は心配してアルノマさんに詰め寄りましたが、彼は何でもないと笑って首を振るのみでした。

……本当でしょうか。しかし、そう言われてしまったからにはこれ以上追及できません。

「では、これから何か困ったことが有りましたらいつでもご相談ください」

「ああ、分かったよ。ありがとう、小さな小隊長」

この日は仕方なく、話をここで打ち切りました。

まだ自分はアルノマさんに小隊長として信用してもらっていないのか、はたまた本当に自分の思い過ごしなのか。

モヤモヤとした感情を胸に残しながらも、自分は仕事に戻ったのでした。

【十一月十一日　夜】

「まぁ大人が、イジメの問題を年下の娘に相談できんだろ」

我が衛生小隊に遊びに来てくれるのは、強面《こわもて》の偵察兵さんだけではありません。

宣言どおり、ロドリー君やアレンさんもしばしば顔を見せてくれました。

「それに、アルノマさんも良い歳《とし》だ。そのくらい、自分で解決できるだろう」

「そんなものでしょうか」

「彼は舞台俳優だったんだろ？　役の奪い合いで、どれほどの嫉妬と戦ってきたと思ってるんだ」

「まぁ、確かに」

アレン小隊は、ヴェルディさんの指揮した撤退戦の時、より近かったアリア大尉《たいい》の本隊側に逃げて分断を避けたそうです。

ヴェルディ中隊が分断されたと聞いた際、危険を顧みずに我々の捜索を続けてくれていたのだとか。

まったく、頭が下がります。

「あと、俺が来たら妙に看護兵さんたちのテンション高くねェ？」

「……高いでしょうね」

そしてロドリー君が衛生部に顔を出す度、部下から好奇の視線が飛んできました。

言わずもがな、例の誤解のせいです。

自分とロドリー君の関係は、彼女等にとって良いゴシップなのでしょう。

「もしかして俺、結構イケてるの？」

「いえ、それは関係ないかと」

ロドリー君は、看護兵さんのテンションは自分が格好《かっこ》いいからだと幻想を抱いたようです。

残念ながら、そんな彼に都合の良い展開ではありません。

「どうやら自分が、ロドリー君に片想《かたおも》いしているかららしいです」

「……え？　してんの？」

「しているように見えますか？」

別に隠すこともないと考えたので、ロドリー君が勘違いしないよう事実を伝えておきました。

誤解されるような言動を避けてもらう意味でも、伝えておいた方がいいでしょう。

「……お前、そんな気無いよな？　少なくとも俺ァ、そう思ってるが」

「無いですけど」

「だよなァ」

「部下たちから見たら、有るように見えたみたいです」

「そりゃ、災難だったな」

ロドリー君は事実を知って、反応に困ったのか苦笑しました。

一方で、不満げな自分の顔がそんなに面白かったのか、アレンさんは大爆笑していました。

……何がそんなに、面白いのでしょうか。


【十一月二十五日】

冬入りして、半月《はんつき》ほど経《た》った頃。

「後見人、ですか」

「ああ」

自分はアリア大尉のテントに呼び出され、ある提案を受けました。

それは彼女が、自分の後見人になってくれるというものでした。

「先の撤退戦における、貴官の功績への恩賞と思ってな」

「ありがとうございます」

「貴官は既に、その経験と年齢からは十分な任官を受けている。これ以上の昇進は、前例がない」

「はい、もう過分に評価をいただいています」

話を聞くとヴェルディさんが、撤退作戦が成功したのは自分のお陰だと報告したようで。

アリアさんはその褒章を与えるため、自分を呼びだしたそうです。

「……まぁ、堅苦しい口調はやめるか。今は、誰もいないしな」

「はい」

「すまんトウリ、勲章《くんしょう》はヴェルディにくれてやってくれ。真面目でお勉強が得意なアイツなら、仕事が増えてもへっちゃらだろう」

「そうしていただけた方が、自分としてもありがたいです」

アリア大尉に、自分を昇進させる気はなさそうでした。

自分としても小隊長ですら結構な重荷なので、正直ありがたいです。

「昇進以外だと、君の功績にどう報《むく》いればいいか考えてな。ふと、孤児の後見人制度を思い出したんだ」

「後見人、といいますと」

「要は保護者だな。君の身に何かあった時、その面倒を見る保証人だ」

孤児の後見人制度とは、里親のようなものです。

後ろ盾のない孤児を守るためのもので、家族に近い扱いになります。

「私は父のように、露骨に貴女《あなた》を優遇するつもりは無い。しかし困った事が起きた時、後見人の立場から口を挟む事もできるだろう」

「はい、大尉殿」

彼女はレンヴェル少佐のご息女で、この大隊の隊長です。

アリア大尉が後ろ盾になってくれれば、自分の部隊へのセクハラなどに対する抑止力になるでしょう。

それは、非常に魅力的な話でした。

「例えばトウリが重傷を負って退役を余儀《よぎ》なくされた時、治療や生活の援助をしてやれる」

「とても、ありがたいご提案です。……しかしどうして、そこまでしていただけるのですか？」

自分は故郷の孤児院や村を焼かれ、頼れる親戚も伝手《つて》もなく、この身一つが資本という状態です。

もし取り返しのつかない負傷をしてしまい軍人として働けなくなれば、身寄りのない自分は日銭を得る手段もなく野垂れ死ぬしかないでしょう。

しかしアリア大尉が後見してくれるのであれば、話は大きく変わります。

きっと自分が負傷したとしても、よくしてくださるはずです。

「トウリ、君は私の家族の恩人だからな。マシュデールでは父レンヴェルの窮地《きゅうち》を救い、従弟《いとこ》のヴェルディの生還に大きな功績を残した」

「いえ、自分は職務を全《まっと》うしただけで」

「それは、私がトウリの後見人となる理由としては十分なのさ」

アリア大尉は優しい口調で、そう話を続けました。

「父にも話を通してある。大賛成してくれたよ、良い考えだってな」

「……」

「良ければ、君の面倒を見させてくれないか、トウリ」

アリアさんの笑顔は慈《いつく》しみ深く、優しいものでした。

アイザック院長先生が、子供をあやすときの表情にそっくりです。

自分としては断る理由のない、嬉《うれ》しい申し出でした。

「よろしくお願いします、アリア大尉」

「うむ、任せておけ。悪いようにはしないさ」

自分は二つ返事で、アリア大尉の申し出を受けました。

自分自身が、家族というものに飢えていたのもあったかもしれません。

生まれは孤児で、心のよりどころであった孤児院を失い、大切な人はいつ死ぬとも分からない戦友だけ。

誰か心の支えになってくれそうな人を探していた、そんな気がします。

「話は以上だ。トウリ、これからは気軽に頼ってこい」

「ありがとうございます」

こうして久しぶりに、自分に家族と呼べるような人ができたのでした。

その後アリア大尉は、「せっかくだから、何か訊きたいことは無いか」とおっしゃったので。

「戦闘の予定か……。む、それは軍事機密だからな」

「具体的な作戦詳細は必要ありません。目安が分かれば、医療資源の管理しやすいのです」

「確かにそうだな」

一番気になっていた、戦闘の予定を訊いてみました。

「ぶっちゃけ、無い。敵を補足できたら戦闘になるだろうが……」

「なるほど……」

「歯がゆい話だが、サバト軍に追いつくのは難しいだろうな」

彼女の見立てでは、しばらく戦闘は行われないようでした。

だから、当面は部下の育成に集中してほしいとのことです。

「首都から、衛生小隊の補充などは送られてくるのでしょうか」

「衛生小隊の欠員補充は、現状難しい。しばらく待ってもらいたい」

「了解です」

ラキャさん亡き後の衛生兵の補充の当ても訊いてみましたが、希望は薄そうでした。

しかしこの極寒の中、首都ウィンから兵士の輸送は難しいようです。

「生き残った衛生小隊のメンバーは、大事にしてくれ。替えが効かない存在だ」

「無論です、承知しております」

「ならば良い」

自分は、生き残った小隊メンバーを大事にせねばなりません。

体力もあり、頼りになるケイルさん。

自信家で、自分に厳しいアルノマさん。

エルマさんを中心に、衛生兵をサポートしてくれる看護兵さんたち。

この少ない人数で、軍全体の健康を守っていかなければならないのです。


【十一月二十六日　夕】

と、改めて衛生小隊を守る決意を固めていたのですが。

「あの。アルノマさん、また脇腹にアザが」

「あー……」

朝からアルノマさんの様子がおかしいので、服の下を確かめると。

やはり、新たな生傷ができていました。

「さすがにおかしいです。アルノマ二等衛生兵、この打撲痕《だぼくこん》ができた状況を詳細に報告してください」

「あー、いや、その」

いくらアルノマさんが大人とはいえ、イジメ問題を見て見ぬふりはできません。

自分はまだ未熟ですが、部下を守るための権力は有しています。

「自分では頼りなく感じるかもしれませんが、上官としてこれ以上看過できません。報告を求めます」

自分がアルノマさんの身体《からだ》のアザに気付いてから、約半月。

彼の負傷については何度訊いても誤魔化《ごまか》されるので、様子を見ていましたが。

そろそろ、きちんとした報告が欲しいところです。

「誰にやられたのですか、アルノマさん。これは、明らかに殴打痕《おうだ》ですよね」

「……いや、あー。本当に気にしないでほしいんだ、もうすぐケリをつけるつもりだから」

「貴方《あなた》の立場で、どうケリをつけるおつもりですか。トラブルであれば内々で処理せず、ちゃんと上官に相談してください」

「まぁ、確かにちょっと喧嘩《けんか》はあったんだけど。本当に問題はない、うまく解決してみせるさ」

相変わらずアルノマさんは、あいまいな笑みを浮かべて誤魔化すだけでした。

アレンさんに放っておけと言われましたが、彼は大事な衛生小隊の仲間です。

彼一人に解決を任せるより、悩みは共有した方が良いに決まっています。

「やれやれ。小さな小隊長の調子が、完全に戻ったようで何よりだけど。貴女《あなた》に出てこられると、少し話がややこしくなりそうでね」

「なるほど、では自分は表立って動かないよう配慮しましょう。その代わり、状況を報告してもらえますか」

「……」

「先ほど、アルノマさんの口から喧嘩という言葉が出てきましたね。部下のトラブルについては、上官にも責任が問われます」

アルノマさんやケイルさんには、自分が追い込まれていた時に助けていただきました。

一人で悩みを抱えると、想像以上に視野が狭くなってしまいます。

つい先日の自分も相当追い込まれていたのに、『ヤバい』という自覚が全くありませんでした。

だから、こういったことはしっかり報告してもらいたいのです。

「これは命令です、報告してください」

「えーっと」

「……」

「……ふぅ、命令とあれば仕方ないね。了解したよ、小さな小隊長」

多少強引ですが、じっとアルノマさんの手を握ったまま見つめ続けると。

自分の熱意に絆《ほだ》されたのか、彼は苦笑いを浮かべて了承してくれました。

「わかってくれましたか」

「ただ、ちょっと説明が長くなりそうで。私も整理してから説明がしたいんだ」

アルノマさんは降参のポーズを取って、やれやれと首をかしげました。

「今夜、報告書の形で報告するよ。文書にした方が、小隊長も上官に相談しやすいだろう」

「なるほど、了解しました。では、報告書を作成してください」

残念ながらその場で、話を聞くことはできなかったのですが。

アルノマさんは今夜までに、報告書を作ってくださるそうです。

「じゃあ、書類の作成に取り掛かるよ。ちょっと待っていてくれ」

「はい、アルノマさん」

ぱっと口頭での報告を行うのではなく、文書にするあたりがアルノマさんの社会経験を思わせます。

そんなふうに考えて、自分は夜まで彼の報告を待つことにしたのでした。

【十一月二十六日　夜】

「大変だ、トウリ衛生兵長。すぐに出動してくれないか」

「何事ですか」

アルノマさんの報告書が来るのを待ちつつ、ヴェルディさんに向けた衛生小隊の勤務記録書を作成していた折。

大慌てで見知らぬ歩兵にがテントに駆け込んできて、そのまま寒い冬空の下《もと》に連れ出されました。

「……な」

自分は聴き逃していたのですが、先ほどヴェルディ中隊のキャンプ地に銃声が鳴り響いたそうです。

見張りの兵士はすぐさま音の出所へ向かい、そして頭部を撃ちぬかれた兵士を発見したそうです。

「……助かる見込みはありますか、衛生兵長」

「助かるわけが、ないでしょう」

彼の身体はまだ温かく、流れ出る血が揮発《きはつ》して湯気を上げていましたが。

撃ちぬかれた頭部から血が噴き出し、顔から血の気は失せていました。

明らかに、死亡しています。

「……この方は、まさか」

「お知り合いですか」

そして自分は、その兵士に見覚えがありました。

その人物は先の撤退戦で、完璧な偵察を行い自分たちを安全に撤退させてくれた強面の偵察兵さんです。

「指示があるまでご遺体に触れるな。哨戒《しょうかい》を増やして周囲の索敵を行え」

「ヴェルディさん」

彼の遺体を確認していると、まもなくヴェルディ中尉《ちゅうい》が現場にやってきました。

温厚な彼にしては珍しく、険しい表情をしていました。

「トウリ衛生兵長に、本遺体の検死を命ずる。死亡者の素性、死亡推定時刻、直接死因を報告せよ」

「了解です」

有無を言わせぬ口調でしたので了承しましたが、自分は死因の特定法などはあまり教えてもらっていません。

こういった分野は法医学の範囲なので、野戦病院であまり詳しく習わなかったのです。

「部下を呼んで良いですか」

「許可します」

自分はケイルさんを呼んで、一緒に遺体の検分を行いました。

まさかこんな、殺人事件の現場検証みたいなことまでやらされるとは思いもしませんでした。

「ヴェルディ中尉。ご遺体の風貌《ふうぼう》とドッグタグ、並びにファリス准尉が行方不明《ゆくえふめい》になっていることから、遺体の素性はファリス准尉で間違いないと思われます」

「続けて」

「死亡推定時刻は、体温や角膜《かくまく》の透明度から一時間以内と推測されます。直接の死因は恐らく銃撃によるもので、銃弾は頭右下部を背中側から撃ち抜かれています」

見たところ後頭部の銃創の他に死因になりそうな傷はなく、普通に考えれば銃で背後から撃たれて死んだと思われました。

銃声が鳴り響いたのはつい三十分前。死因は銃撃であると考えて、矛盾はありません。

しかし問題なのは、キャンプ地付近に敵の姿は見えず、銃声が聞こえてきたのもオースティン軍のキャンプ内部からという事でした。

「ヴェルディ中尉、如何しますか」

「ファリス小隊のメンバーを今すぐ招集してください、事情聴取します。そして今夜非番だったはずの、ガンドレス小隊、アレン小隊、キアルデ小隊も緊急招集してください。彼らに、ファリス准尉の捜査を命じます」

「了解」

つまりこの偵察兵さん――ファリス准尉は、敵の攻撃によって戦死したのではなく。

「味方に、凶悪な殺人犯が交じっている可能性があります。警戒を厳《げん》にして、捜査に当たってください」

状況からは、味方に撃ち殺された可能性が高いのです。


「遺体の近くに、銃弾を発見しました。おそらく量産銃ＯＳＴ小銃Ⅱ型、Ⅲ型で採用されている６・２㎜口径の銃弾でしょう」

「サバト軍の銃弾ではないのですね」

「はい、オースティン製と思われます」

ファリス准尉の銃殺事件の捜査は、夜どおし行われました。

遺体を調べれば調べるほど、内部犯の可能性が高くなってきました。

「銃弾の在庫と全兵士の残弾を照合し、用途不明の銃弾があった兵士を洗い出してください」

味方を殺す兵士が軍に潜んでいるなど、放置しておけるはずがありません。

一刻も早く犯人を確保しようと、皆ピリピリしていました。

「当日に、訓練以外で銃弾を消費した兵士は十六名でした」

「……その詳細は？」

「大半が、点検による『不良品として破棄《はき》』です。他に紛失、暴発などが報告されています」

殺人犯を放置したまま進軍はできず、我々はキャンプ地に足止めされ。

一日掛かりで捜査が行われる事になったのですが、

「衛生小隊は、銃火器を所持していないので捜査の対象にはなりません。検死、ご苦労さまでした」

「何か、お手伝いできることがあれば」

「いいえ、もう朝なので業務に戻ってください。必要があれば、再度要請します」

我々衛生小隊は銃火器を支給されていないので、犯人候補から除外されました。

自分は死体検案書を作成した後、診療業務に戻ることになったのでした。


【十一月二十七日　昼】

「……そうですか、あのよく顔を出していた准尉《じゅんい》さんが」

「頼りになる方だったのですが」

夜どおし捜査に協力した自分は、欠伸《あくび》を噛《か》み殺しながらテントに戻りました。

これからいつもの業務ですが、今日は進軍しないのであまり患者も来ないでしょう。

「ボス、ちょっと寝てきたら？」

「そうですね、休みをいただいてよいでしょうか」

正直なところ、自分は彼の死に思ったより衝撃を受けていませんでした。

ラキャさんの件で、耐性がついてしまっていたようです。

「……ああ、そうでした。アルノマさん、昨日はドタバタして受け取り損ねていましたが、貴方からの報告書も読ませていただきたいです」

「あー。いや、もう必要が無くなっちゃったかな？」

「まだ、そんな事を仰《おっしゃ》るのですか」

「いや、えー。まぁ、読んでもらえれば」

アルノマさんに報告書の提出を促《うなが》すと、彼は随分と微妙な顔をしました。

取りあえず報告書を受け取って、内容に眼《め》を通すと、

「……ファリス准尉が、アルノマさん暴行の下手人《げしゅにん》と？」

「まぁ、そうなんだ」

アルノマさんの負傷が、殺された准尉によるものだと知ったのです。

「小隊長は彼と仲がよさそうだったけど、私にとっては悪魔のような人だったよ」

「そうでしたか」

実はファリス准尉は、アルノマさんをスパイと疑ってずっと暴行していたそうです。

アルノマさんは東のフラメールという国の出身者です。

外国籍で『本人の強い希望により』衛生小隊へ配属されたという、フラメール人の衛生兵。確かに、怪しまれても不思議ではありません。

だからアレンさんも、アルノマ氏がスパイっぽければ証拠を摑《つか》め、違いそうなら守って

やれと自分に助言してくれました。

さらにファリス准尉は民族差別的な思想家だったようで『フラメール人は信用ならない、鼻持ちならない』という偏見を持っていたようです。

そんな彼がアルノマさんを見て「さてはスパイに違いない」と決めつけ、暴行を加えたのだとか。

彼はエロオヤジの振りをして衛生小隊に顔を出し、見えないところでアルノマさんに恐喝じみた尋問をしていたそうです。

殴る蹴るは当たり前、時には銃器を向けるような事もあったのだとか。

「元より彼は暴力的、高圧的で有名だったらしい。特に最近は指導が陰湿で、精神を追い詰めるような暴言を繰り返していたそうだ。彼の訃《ふ》報《ほう》を聞いて、むしろ私は納得したよ」

「納得ですか？」

「私は彼がいつか、部下から撃たれるに違いないと思っていた」

アルノマさんは珍しく、不快そうな感情を隠さずに言いきりました。

どうやら、二人の確執は相当に深かったようです。

「悩みの種が一つなくなって、良かった」

アルノマさんはファリス准尉の死を、悲しむどころか喜んでいる様子でした。

……何ともいえぬ、微妙な空気になりました。

【十一月二十七日　夜】

一日掛かりで捜査を行っても、犯人の逮捕には至りませんでした。

容疑者は絞れたようですが、特定には至らなかったようです。

「以上で報告を終わります、少佐殿」

「ふん、それで?」

ヴェルディさんは捜査の報告をレンヴェル少佐に行いました。

彼の中隊での事件なので、その責任や報告義務は彼にあるのです。

「落とし前はどうつけるつもりだ、ヴェルディ」

「いかようにもなさってください、どんな処罰も受け入れるつもりです」

「お前への処罰じゃない。貴様《きさま》を処罰したところで、何も変わらんだろ」

レンヴェル少佐は、謝罪するヴェルディさんを前にため息を吐きました。

彼が気にしていたのはヴェルディさんの責任の取り方ではなく、

「味方殺しが軍に潜んでいるかもしれないという状況を、どう始末つけるか訊いている」

「……っ」

こんな事件が明るみに出てしまった以上、今後は味方すら警戒しなければなりません。

疑心暗鬼になってしまえば、兵士の士気に関わるのです。

なのでレンヴェル少佐は、明確な犯人の検挙を求めたのです。

「資料は読ませてもらった。ちょうど良い兵士がいるじゃないか」

「ちょうど良い兵士、とは？」

「殺された偵察兵の部下だ。この男は、不良品を理由に銃弾を破棄しているな」

「……ええ、彼の破棄した銃弾は見つかっておりません」

その中で一人、恰好《かっこう》に怪しい兵士がいました。

彼は当日、銃弾を破棄していた兵士の一人で。

「以前、脱走騒ぎを起こした時や日々の訓練の際、厳しく指導を受けていたそうだが」

「ええ、それも裏が取れております」

「動機は十分という訳だ」

以前、ラキャさんと共に脱走した新兵ローヴェでした。

「他に、ファリス准尉に明確な恨みがありそうでかつ、銃弾を破棄した兵士はいるか？」

「……いえ。ですが彼にはアリバイがあり、犯行時刻に会話していたという兵士が」

「その証言をしている兵士は、同じ学校出身の仲の良い相手と記載がある。その証言は、信用に足らんという事で良いだろう」

レンヴェル少佐は、何処《どこ》までも軍人でした。

物事の正しさより、軍の規律を維持する事を優先したのです。

「彼を検挙し、そして犯人を特定・捕縛《ほばく》したと触れ込みを出せ。これから国の命運を賭けた決戦となるのだ、兵士たちの動揺を鎮めさせせんといかん」

「……証拠が、不十分では」

「ヴェルディ。その新兵一人の命と全軍兵士の士気、どちらが重要だ」


かくして、一人の新兵が犯人として確保され、拘束されました。

それは赤い髪の新兵、ラキャさんのご友人。首都から従軍したばかりのローヴェニ等歩兵です。

「では彼を犯罪者として、首都に護送します」

「バカモン、どうやって送る。物資の輸送とは訳が違うんだぞ」

「……それは、帰還する補給部隊などに依頼して」

「人を殺せば、補給部隊に囲まれて首都に戻れるのか。そりゃあいい、脱走したい兵士は次から次へと上官を殺し始めるだろうな」

ヴェルディさんは捕縛した兵士が犯人だと確定できないので、裁判所に判断を任せるつもりでした。

しかしこの寒い冬空の下、補給部隊による囚人護送は現実的ではありません。

脱走も容易でしょうし、護送にはコストが掛かります。

「味方殺しを許すわけにはいかん。軍規に照らし即日、銃殺せよ」

かくしてレンヴェル少佐の鶴の一声で、軍規による銃殺が決定されたのでした。

西方行軍　３

「俺じゃない！　俺は何もやっちゃいない！」

そして夕方、ローヴェ二等兵の処刑が行われようとしていました。

「やめてくれ、話を聞いてくれ」

「やかましい、これ以上しゃべるな」

「んー、んー！！！」

新兵には猿轡《さるぐつわ》がまかれ、地面につきたてられた杭《くい》に全身を縛り付けられています。

その周囲をぐるりと、新兵が囲んで銃を突き付けています。

「よく狙え、外すなよ。なるべく苦しまんよう、頭を撃ち抜いてやれ」

「は、はい……」

今回の処刑は、新兵の射撃練習の的にされるというものでした。

新兵にとって貴重な「他人を殺す機会」なので、多くの新兵が集められ、処刑に参加しました。

そして自分は、遺体の検分役としてこの場に召集されていました。

「……んー!!」

その赤髪の新兵は、自分の姿をまっすぐ見つめてきました。

それは救いを乞うような、何かを訴えるような、不思議な目をしていました。

「トウリちゃん、怖ければ目を背けても構わないよ」

「いえ」

自分がこの場に呼ばれたのは、死亡確認のためです。

であれば、赤い髪の新兵が死亡した瞬間に眼を背けていては職務放棄です。

それ以前に、彼に軍隊への帰順を促した者として目を背ける訳にはいきません。

「……それより、ヴェルディ中尉。せめて、彼の猿轡は取って差し上げませんか?」

「それは」

ただ自分はヴェルディさんに、ローヴェ二等兵が遺言《ゆいごん》を残す許可を求めました。

彼が自分に向けて『何かを訴えかけるような』視線を送り続けていたからです。

ラキャさんのご友人だった彼が何を自分に言いたいのか、その内容は想像がつきます。

おそらく恨み節でしょうが、それはちゃんと聞いて受け止めるべきだと思ったからです。

「遺言は、しっかりと聞いてあげるべきでしょう」

「そう、ですが」

因《ちな》みに自分はこの時点で、彼が処刑されるに至った経緯を『彼が殺人犯と確定した』と聞いていました。

だから、彼がファリス准尉を殺した犯人だと信じ込んでいました。

しかし実際は状況証拠のみでの逮捕であり、余計な発言をされると困るので猿轡をしていたのです。

「自分は彼と、ほんのわずかながら親交がありました。どうか、お願いします」

「……」

自分は真摯《しんし》に、ヴェルディ中尉に懇願《こんがん》しました。

本来であれば、ヴェルディさんは迷わず却下すべきだったでしょう。

しかし中尉は自分の提案を断ったら怪しまれると思ったのか。

はたまたヴェルディさん自身、良心の呵責《かしやく》もあったのでしょうか。

「分かりました。一分だけ、猿轡を外してあげてください」

「了解しました」

ヴェルディ中尉は根負けするように、目を伏せて。

赤い髪の新兵、ローヴェに一分だけ発言の自由を与えたのでした。


「はあっ!!　はっ、はっ」

「発言を許可する。早く遺言を残せ、殺人鬼」

そしてこの、たった一分間だけの助命が。

まさしく、自分の運命を大きく変えたのです。

「……ああ、えっと、その」

「どうした」

猿轡を外されて数秒、その兵士は何かを考えるように黙り込みました。

どんな遺言にしようかと迷っているのかと思ったのですが、ここからの彼の発言は予想外の方向へ向かいました。

「……、一つ目は友への遺言を。早まるな、自分を見失うな、と」

「む？　友とは誰だ、その遺言は誰に伝えればいい？」

「彼ならばきっと、この場に来ています。伝言は不要です」

彼は最初に、友人への遺言を述べました。

処刑場に連行されるまで騒いでいたのがウソのように、静かな態度でした。

「二つ目の遺言は、そこで見ている女に。衛生小隊の、隊長殿」

「……自分ですか」

「以前、お前には命を救われた。ありがとう」

「それは、その。どういたしまして」

そして意外なことに、彼は自分に遺言としてお礼を残しました。

正直、彼からそんな言葉をかけられるのは想定外でした。

彼の親友であるラキャさんは、自分の不手際で命を落としています。

恨み節をぶつけられてしかるべき、とすら考えていました。

「だから、お前に伝えておきたい。夜道で一人になるなよ」

「は、はあ」

「あんたを恨んで、撃ち殺したいと思ってる奴《やつ》もいる。用心しとけ」

そこまで言うと、少年兵は仰ぐように空を見あげました。

「最後に、故郷で待つ俺の家族に。申し訳ない結末を詫《わ》びていたと伝えてほしい。だけど

ローヴェは、誓《ちか》いを破ってはいないと伝えてくれ」

「……」

そう、呟《つぶや》いたのでした。


その時ドクン、と胸の鼓動が早鐘を撃ちました。

それはこの戦争に参加してから何度も感じた、命の危機を予見する感覚。

このままでは殺される、何か行動を起こせと自分の中の誰かが叫んでいる気配。

「遺言はそれで終わりですか」

「ああ」

少年兵が余計な事を言わなかったので、ヴェルディさんはホッとため息をつきました。

再び赤髪の兵士は猿轡をはめられて、その場に立ち尽くします。

銃が、数多《あまた》の銃が、その殺人犯に向けて構えられる中。

────自分は半ば、反射的に。

「っ！」

「え、トウリちゃん!?」

地面に、飛び伏せていました。


たぁん、と。

一発の銃声が処刑場に轟《とどろ》きました。

まだヴェルディさんは、射撃の許可を出していないのにです。

「……な、何をしている！」

「ちっ！」

同時に凄まじい風圧が、地面に伏せた自分の真上を通過しました。

……顔を上げれば、ローヴェ二等兵を囲んでいた少年兵の一人が、眼を血走らせ自分に銃口を向けているのが見えました。

「お前が！　ラキャを、俺たちを連れ戻しさえしなければっ!!」

「し、周囲の兵士は何をしている！　彼を取り押さえろ！」

自分を狙い打った少年兵は、すぐさま次弾を装填し構えなおしました。

周囲の新兵たちが目を丸くして立ち尽くす中、彼は再び地面に伏せた自分を目掛けて銃弾を放ちます。

「死ねっ！」

「【盾《シールド》】っ!!」

まだ自分は、殺されるわけにはいきません。多くの人に救われて、守られてきた命なのです。

自分はコロコロと地面を転がりながら、ガーバック小隊長に教わった【盾《シールド》】を展開しました。

「くそ、ちょこまかと――――」

幸いにも弾は自分に当たることなく、土煙を上げるのみに留《とど》まりました。

……そして、彼に許された『猶予《ゆうよ》』はそれが最期でした。

「……ヴェルディさん、すんません。状況が状況だったので、撃っちまいました」

「ロドリー上等歩兵……」

「あとで始末書、持ってきますァ」

処刑場に、三発目の銃声が轟き。

『殺人犯の処刑』に参列していたロドリー君が、ヴェルディさんの許可を待たず少年兵を射殺したのでした。


「……馬鹿野郎。あれだけ、止めたってのに」

話を聞けば、どうやら。

ファリス准尉を殺害した真犯人は、先ほど自分に銃口を向けた少年兵だったようでした。

「詳しい事情を説明してもらえますか」

「ええ」

その少年兵は、ラキャさんの親友だった兵士で。

自分の説得でラキャさんと共に軍に帰順した、もう一人の少年兵でした。

「アイツは、ラキャを好いていました。だからか彼女が死んでから、言動がおかしくなっていって」

彼は幼馴染《おさなな》《じ》みの想い人を失い、精神的に弱りきっていました。

そんなタイミングで上官であるファリス准尉は、ラキャさんの死を『命令を無視して愚かに死んだ』と言ったそうです。

その言葉に彼は激昂《げきこう》し詰め寄りましたが、ファリス准尉は「自業自得だ」と鼻で笑ったのだとか。

想い人を失い、その死にざまを馬鹿にされた少年兵は殺意を抱きました。

その恨みの矛先は、

「あの衛生兵長が俺たちが逃げるのを阻止したから」

「あの女がラキャを見捨てて逃げやがった」

彼らの脱走を阻止した、自分にも向いたのです。

かくして彼は『ラキャの仇《かたき》である二人を殺す』と執念を燃やし始めました。

その間、ローヴェ二等歩兵は少年兵を何度も説得したのですが聞き入れられず、とうとう犯行に及んでしまったそうです。

「少しドン臭いですが、優しくて大らかなヤツだったんです。だからいつか目を覚ましてくれると信じて、アイツの罪は俺が被《かぶ》ろうと」

「……」

ローヴェ二等歩兵は、自分の銃弾が盗まれた事に気が付いていました。

しかし友人を売ることはできず、不良品を破棄したと嘘《うそ》の報告をしたのです。

処刑される間際であっても、ローヴェは友人を想い真犯人について黙秘しました。

そして遺言という形で親友の説得を続けつつ、遠回しに自分に身の危険を警告してくれたのでした。

「ドン臭いアイツが、こんな衆人環視の中でトウリ衛生兵長を狙ったのもきっと、皆に俺が犯人じゃないと分からせるためだと思うんです」

「……」

「アイツは俺が処刑されないよう、今このタイミングでコトを起こしたんです。戦争に歪《ゆが》められちまっただけで、本当は情に厚い奴だった」

ロドリー君に撃ち抜かれた殺人者の亡骸《なきがら》の前に屈《かが》んで、ローヴェ二等歩兵は静かに涙を流しました。

首元を撃ち抜かれたその遺体は、雪原に赤黒い泡を吐き続けていました。

「今の報告に、嘘は有りませんか」

「天に誓って、嘘はありません」

「……貴方の処遇は、今から再度審議します。それまで、拘束を受けてください」

「了解です、中尉殿」

それが、ファリス准尉の死の真相でした。

上官からのストレスと親しい人物との別離による苦悩、それらが合わさって狂ってしまった少年兵による凶行。

冬の寒さに震えながら限界ギリギリの状態で進軍を続けていた兵士たちは、思った以上に追い込まれていたようです。

「おうおチビ、命拾いしたな」

「……ありがとうございました、ロドリー君。また、命を救われてしまいました」

「恩を感じるなら始末書を書くの、手伝ってくれやァ」

少年兵から自分に向けられた銃口は、自分の行いの報いです。

自分がちゃんとしていればラキャさんも死なず、彼もこんな凶行に及ばなかったでしょう。

「彼もせめて、死後はご冥福《めいふく》を」

「あ？　そんな奴にも祈るのか」

少年兵の死は、自分に端を発しています。

なので、せめてもの弔いに、自分はその少年兵の亡骸に手を合わせ冥福を祈りました。

怪訝《けげん》な顔をしつつも、ロドリー君は自分に付き合ってその遺体に手を合わせてくれました。

「……」

来世では是非、戦争のない世界に生まれ変わってください。

貴方が本当に情に厚かった人であれば、来世では幸せな人生を送れるはずです。


オースティン軍を大きく動揺させた、上官の射殺事件。

その事件は、犯人射殺で幕を下ろしました。

この事件の後始末には、レンヴェル少佐も苦心したようでした。

何せローヴェ二等歩兵は、冤罪《えんざい》で処刑されかけた訳です。

この事実が明るみになると、兵士の間に不信が広がる危険性がありました。

「貴官は虚偽の報告を行った、それが誤認逮捕の原因となった」

「はい、少佐殿」

なので、「ローヴェ二等歩兵は、友人を庇って自ら逮捕された」という触れが出されました。

誤認逮捕になった原因はローヴェのせいで、軍はちゃんと捜査をしていましたとアピールしたのです。

それと同時に、

「ローヴェに友人を庇う意思はあったが、軍に歯向かう意思はなかった。偽証の罪に関しては終戦まで、一時不問とする」

と、レンヴェル少佐はローヴェを実質的に無罪放免にしてしまいました。

そんな裁定の裏には、実はちょっとした司法取引がありました。

レンヴェル少佐は彼を呼び出し、

「君は十分な尋問を受け、その場で偽の自白を行った。そうだろう？」

「え、いえ、ほぼ有無を言わさず処刑場に連行されたんです、けど」

「なら、そういう事にしておきたまえ。厳しい尋問を受けてなお友を庇ったとあれば、その友情に免じて君の罪を軽くしてやれる」

とても優しい顔で、彼の肩を抱いて囁《ささや》いたそうです。

「君はとても見どころのある人間だ、友人を庇って処刑を受け入れる事などできる人間は少ない」

「は、はい、どうも」

「ヴェルディ中尉の早とちりで君を逮捕してしまってすまなかった。俺は処刑場で起きたことを聞いて、甚《いた》く君を気に入ってしまった。是非、君の力になりたいんだ」

レンヴェル少佐はヴェルディさんに謝罪させた後、優しくローヴェ二等歩兵に茶菓子を用意して語り掛けました。

その言葉を聞いてローヴェ二等歩兵はレンヴェル少佐を信じ（？）、友を庇うために犯行を自白したと証言したそうです。

「叔父《おじ》上。あれじゃ、我々の不手際を誤魔化すのに協力してもらったようなモノでは」

「ローヴェという男も、罪が軽くなって喜んでおっただろう。ＷＩＮ－ＷＩＮという奴だ」

ローヴェさんがレンヴェル少佐を信じたのか、はたまた「従っておいた方が良い」と判断したのかは分かりませんが。

この司法取引のような何かのお陰で、兵士の間に不信が広がるようなことはありませんでした。

さすがに、何年も軍の権力争いを勝ち抜いてきただけあってレンヴェル少佐は老獪《ろうかい》だったようです。


【十一月二十九日】

オースティン軍は射殺された少年兵を埋葬《まいそう》した後、すぐさま進軍を再開しました。

ただでさえ冬入りが早かった上、殺人事件の捜査で時間を取られたので、進軍が予定より大幅に遅れていました。

「本当に寒いな、いくら冬でももう少しポカポカした日は無いもんかね」

「おそらく、サバトに近づけば近づくほど寒くなっていくのでしょう」

「やってられないな」

暖かな日があれば一気に進軍できるのですが、雪が止む気配はありません。

自分が暮らしていたノエルでは、冬でも時折ポカポカとした暖かい日がありました。

こんなに毎日毎日、飽きもせず雪が降り続けるような気候ではなかったです。

この寒さは異常気象も原因の一つと思われますが、この付近の気候が寒冷なのもあるでしょう。

「昨晩、とうとう凍死者が出ましたしね」

「笑えないよ、本当に」

この地域がいかに極寒であったかは、日々の患者さんの大半が凍傷であることからも伺えます。

昨晩には、ついに風邪を引いた兵士が休養を取らず偵察に出て、フラリと倒れこみそのまま死亡しました。

体調の悪い人間が極寒の地で意識を失えば、あっさり凍死してしまうのです。

これを受け、我々衛生部はレンヴェル少佐に『体調不良者は絶対に休ませてください』と上申しました。

「風邪も流行《はや》っているようだし、ますます進軍速度は落ちるんじゃないか?」

「レンヴェル少佐殿は、何とか進軍速度を上げようとしている様子ですが」

「これ以上進軍速度を上げたりなんてしたら、凍死者が増えるぞ」

この時、オースティン軍ではインフルエンザによく似た風邪が流行っていました。

勿論《もちろん》、当時のオースティンにはインフルエンザの特効薬なんてありません。

そして、現代日本のような衛生状態を保てない軍隊では、感染力は凄まじいです。

「抗生剤も、在庫が心もとなくなってきた」

「節約していかないといけませんね」

流行病《はやりやまい》は非常に恐ろしい存在です。

小さな子供であれば罹《かか》るだけで命の危険がありますし、大人であってもコンディションが悪ければあっさり病死してしまいます。

「抗生剤の補充は、しばらく先か……」

「首都ウィンでも流行しているようで、そもそも不足気味なようです」

あと、この世界では『風邪には抗生剤が有効である』とされていました。

現代日本の常識として、ただの風邪に抗生剤は無意味なはずですが……。

そんな事を自分が言ったところで説得力も何もありません。

いずれそういう結論に達するのかもしれませんが、現状はこの時代の医療知識に従って、自分も抗生剤を処方していました。

「今後は抗生剤の使用を、重症な人に限定しましょう」

「そうするしかないか」

「歩兵たちに、可能な限り清潔を保つよう通達を出しましょう。また、鼻水や血液などの着いたゴミは穴を掘って埋めるようにしましょう」

こうして衛生部は、外傷だけではなく病魔とも闘う事になりました。

もし軍に肺炎が流行すれば、かなり大きな損害が出ます。

それらの流行を食い止めるのも、衛生部の務めです。

この日からしばらく我々は、高熱と咳《せき》や鼻水に苦しむ兵士と悪戦苦闘することになります。

【十二月十三日　夜】

冬入りして、一ヶ月ほどが経ちました。

我々はやはりノロノロと、スローペースの進軍を続けていました。

「足跡は、無いな。やっぱり、この辺に敵はいなさそうだ」

「敵は、もう遥《はる》か先に逃げたんじゃないか?」

もう一ヶ月以上、サバト軍は影も形も見せていません。

目下最大の敵は、寒さと流行病だけです。

「敵影無しなら、前進だ!」

歩兵たちは偵察のついでに、暖を取るための枯れた木枝を集めるのが日課になっていました。

平原に降り積もった雪が溶けることは無く、身を切り裂くような冷たい風が吹きすさんでいました。

幸いにして風邪は軽症な性質のようで、肺炎に至る患者はいませんでした。

しかし軽症な代わりに感染力は強いようで、軍のほぼ全員が一度は体調を崩すくらい流行しました。

「リトルボス、また鼻水が垂れてきているよ」

「ああ、失礼しました」

自分も例にもれず三日ほど熱を出しましたが、幸いにも自然に治ってくれました。

まだ咳や鼻水が続いていますが、そのうち治まるでしょう。

「何だか最近、雪が少なくなってきたな」

「冬入りが早かった分、冬が明けるのも早いのでしょうか」

「いや、さすがに早すぎるよ」

一ヶ月もたって風邪の流行が治まりを見せてきた折、我々オースティン軍に一つの朗報が届きました。

それは、

「おお、ヴェルディさんから連絡です。従軍気象部によると、今週は温暖な気候の可能性が高いそうです」

「ほう、それは良い」

「なので明日から進軍速度を上げ、これまでの遅れを取り戻すらしいです。要は、マラソン再開ですね」

「……それはあんまり、嬉しくないお知らせだね」

冬場だというのに、今週いっぱいは暖かくなるという予報でした。

青天の霹靂《へきれき》の如《ごと》く、真冬に穏春が訪れたのです。

この機を逃すまじと、レンヴェル少佐は嬉々《きき》として強行軍を命じました。

「たった一週間だけでも早く進めれば、戦況が大きく変わるそうです。頑張りましょう」

「了解だ、ボス」

雪はまだ土の上に残っていますが、お日様が出れば走りやすさは全然違いました。

我々は一週間の間だけ、本来の進軍速度を取り戻したのです。

気候が温暖なうちに、西部戦線の基準線でもあった『タール川』まで進みたい。

それが、この時の戦略目標でした。


【十二月十四日】

タール川は、元々サバトとオースティンの国境となっていた川です。

東西戦争は、このタール川を境に始まりました。

この川を確保するため、ガーバック小隊長を始めとした西部戦線の勇士たちが日々奮闘していたのは懐かしい記憶です。

おそらくサバト軍は、もうタール川付近まで撤退していると予想されます。

そこで補給線を確保しつつ、我々オースティン軍を迎え撃つ算段をしているところでしょう。

そんなサバト軍を我々と南部軍で挟み、北へと追いやるのが当初の作戦です。

冬入りした今となっては不可能でしょうけど、せめてタール川を挟んだ戦線を構築しておきたい。

レンヴェル少佐の目標は、そこにありました。

「えっさ、えっさ」

「走れー、新兵どもー」

この頃になると、走らされたくらいでダウンする新兵は少なくなっていました。

首都から出発して約三ヶ月経ち、彼らにも体力が付き始めていたのです。

我々は南部軍も北上し続けていることを信じ、合流地点へ向かって走り続けました。

「雪がねぇって素晴らしいな」

「風はまだまだ冷たいぜ」

今年の冬は数十年ぶりの極寒となりましたが、その狭間《はざま》に許されたひと時の温暖。

それはまさに春を前借りできたような、ちょっとした奇跡でした。

この奇跡を生かそうと、レンヴェル少佐は部下たちに走るよう叱咤激励《しったげきれい》しました。

他にオースティン国民に生き残る道はない、どんな損害を被ってでも決戦を成し遂げてやるという、気迫を持っての強行軍でした。

そんなレンヴェル少佐の想いに応えるかのように、霧は少しづつ晴れていきました。

冬入りしてからずっと我々の視界を奪っていた忌々《いまいま》しい霧が、露と消えたのです。

そのお陰で偵察兵の仕事が楽になり、進軍速度は益々上がりました。

この調子ならば、当初の予定通りにタール川へ到達することも可能でしょう。

そこで南部軍と合流できれば、いよいよサバト軍との決戦です。

一度は無条件降伏まで追い込まれたオースティンが、奇跡を積み重ねて手に入れた千載一遇の好機。

この神様からの贈り物と呼べる暖かな一週間を逃すまいと、我々は走り続けました。


【十二月十六日】

――――マラソンの開始から三日目。

我々は、絶望を目の当たりにしました。

「……敵が」

それは晴れた視界に、よく映りました。

小さな山を越え、とうとう西部戦線を構築していた平原へとたどり着いた我々は。

数十キロは先に見える合流予定地点に、数えるのもバカらしいほどの大軍――――

我々中央軍の十倍はあろうかというサバト軍が、タール川の手前にうじゃうじゃと駐屯している姿を見たのです。

「……あんな数と闘うのは、無謀じゃないか」

「どうやって勝つんだよ、あの数に」

それは先月に我々を奇襲した部隊より、遥かに多数でした。

地を這《は》う蟻《あり》の群れのように、サバトの大軍が我々の行く手を阻もうと蠢《うごめ》いていたのです。

そして、オースティン南部軍の姿は見えませんでした。

「……リトルボス、あの敵の数はいったい？」

「すみません、分かりません。上層部に、連絡を取らないと」

南部軍は、もう負けてしまっていたのでしょうか。

我々の必死の強行軍は無駄で、南部軍はもう敗れていて。

これから自分たちは、目の前のサバト兵に数の暴力で蹂躙《じゅうりん》されるのでしょうか。

そんな、ネガティブな妄想が頭に浮かびました。

「ヴェルディ中尉は、新たな命令が下るまで進軍を続けよと仰いました」

「お、おいおい！　あの大軍に向かって直進しろっていうのか」

「それが命令であるならば、自分たちは従わなければなりません」

ヴェルディ中尉も、まだ目の前の大軍について何の情報も持っていないようでした。

もしかしたら南部軍も合流が遅れているだけで、もう少し進めば南部軍の姿も見えてくるのかもしれません。

ならば、進軍するというのも納得できます。

あの、膨大な数の敵兵と対峙《たいじ》するのが我々オースティン軍の仕事なのですから。

「……あんな大勢の敵が、ビッチリと平野を覆う光景。さすがの私も、気分が悪くなってきたよ」

「アルノマさん、落ち着いてください。きっと、我々まで戦う事にはなりません」

「そうだといいがね」

霧が晴れてしまったせいで、明確に見えてしまった『恐ろしいほどの敵の大軍』。

優に数万人は超えていそうな大軍が、行く手を阻んでいるのです。

それがどれだけ、我々の戦意を挫《くじ》いたでしょうか。

あれほどの敵を前にして、たかだか数千人の我々にどれほどの事ができるでしょうか。

「えートウリ衛生兵長。伝令です、部隊で情報を共有してください」

「は、はい。中尉殿」

そんな、実際に戦わない衛生兵である自分ですら囚われてしまった絶望は。

「……」

次にヴェルディさんから聞いた『戦報』に、さらにブン殴られました。

「────皆さん、落ち着いて聞いてください。敗走しているそうです」

「敗走？」

レンヴェル少佐も、目の前の状況を把握すべく通信を試みたようです。

そしたら、合流場所近くまで来ていた『オースティン南部軍』と連絡が取れたそうです。

そのオースティン南部軍から送られてきた情報によると、

「目の前の、優に数万人を数える敵サバト軍は」

「はあ」

「オースティン南部軍に敗北し、北方向へ敗走して逃げている最中だそうです……」

「……は?」

目の前で蠢いている数万の敵は、北を目指して逃げ出している最中だという話でした。

冬に入った後はさすがの南部軍も攻勢に出られず、サバトと塹壕越しに睨みあっていたのですが。

オースティン南部軍に現れた天才、ベルン・ヴァロウ参謀大尉はこの『奇跡の一週間』を活用し、奇襲をかけて散々にサバト兵を撃ち破ったというのです。

「我々中央軍も、追撃に参加するよう要請を受けました。ここからは偵察を行わず、駆け足でサバト兵を奇襲するそうです」

「待て、待て何を言っているリトルボス」

「自分も、信じられません。信じられませんが、どうやら――――」

こうして、本来は頓挫《とんざ》する寸前だったオースティン最後の奇策『北部決戦構想』は。

「我々は、最高の形で合流できてしまったみたいです」

思わぬ形で、当初の予定どおり進んでいくことになったようです。

一九三八年　夏　20

TSMedic's Battlefield Diary

「もしかして、貴方《あなた》は」

「ああ。この日記に出てくるローヴェというのは、俺だ」

店主は私に、ローヴェと名乗った。

彼は二十年前に友人三人でオースティン中央軍に志願し、ただ一人生き残ってしまった男だった。

「元々、俺たちは兵士になる気はなかった。だけど、ラキャが騙されて志願してな」

「……」

「ラキャは頭が悪かった。うまく言い包《くる》められて、志願させられてしまったんだろう」

ローヴェは苦々しそうに、当時の事を語った。

「俺たちには夢があった。三人でウィンに洒落《しゃれ》たレストランを構えるって夢が」

「……それは」

「ラキャは食い意地が張った女でな。彼女の要望に応《こた》えられるよう、俺は料理の勉強に打ち込んだ」

その話を聞いて、店主がウィン料理に拘《こだわ》っている理由が分かった。

この店は、ラキャ氏のための店だ。

だからメニューが、彼女の好物で固められている。

それだけではなく、この男はきっと今も……。

「ローヴェさん。貴方《あなた》はもしかして」

「何だい、お客さん」

「まだ、二人が帰ってくるのを待っているんじゃないですか？」

ローヴェの中で、幼馴染《おさななじ》みの二人はまだ風化していない。

シェフが不在のため、作れないメニュー。

少女が着るサイズの、飾られたウェイトレス服。

それは明らかに、幼馴染み二人を意識したものだ。

「ああ。待っている」

「……」

「それが、何か悪い事か」

そんな私の問いに対し。

彼は澄んだ目で、そう言いきった。

「俺はまだ、戦争から解放されていないんだ。戦争が終わったら、ラキャたちは戻ってくるはずだからな」

「……ローヴェ、さん」

「もういいだろう。もう十分、俺たちを苦しめただろう。いい加減解放してくれ」

ローヴェさんの〈時〉は、二十年前に止まったのだ。

彼は幼馴染を失った日に、魂を置いてきてしまったのだ。

「……戦争は、もう終わっています。ローヴェさん」

「終わってなどいない。だって、見ろ。ここで、ラキャが笑ってるじゃないか」

「それは、ただの写真です」

「囚《とら》われているだけだ。いつか、二人は俺のこの店に来てくれる」

あまりにも、痛々しい。これが、彼の心の底か。

彼は戦争が終わってもずっと、苦しみ続けてきたのだ。

二度と戻らぬ幼馴染みを待って、店を営み続けているのだ。

「もうすぐだ。もうすぐ、二人は帰ってくる」

「……」

「ああラキャ、君《きみ》に会いたい、今度こそ、言えなかった事を言うんだ」

そう虚空《こくう》を見つめるローヴェ氏に、私は言葉を失った。

もう、何を言っても彼の心には届かない。私の言葉では、この男を救うことができない。

「ありがとう、お客さん。その日記を読ませてくれて。俺に、囚われた彼女を見せてくれて」

「いえ、別に」

残念ながら、トウリ氏の情報は手に入らなかった。

ここにいるのは、戦争によって心の壊れた兵士の成れの果てだ。

「ああ、そうだ。日記を見せてくれた君に、お返しをしないとな」

「お返し、ですか」

「君は、首相の情報を知りたかったのだろう？　本当は守秘義務があるのだが、君は特別だ」

ローヴェ氏は笑顔を浮かべ、私の肩を叩《たた》いた。

満面の笑みを浮かべるその男は、ただただ不気味だった。

「――――戦争の時代が、戻ってくる」

彼は私の耳元で、そう囁《ささや》いた。

「首相がここに泊まったのは、不倫のためなんかじゃない。極秘の会談があったのだよ」

「え？」

「ここはサバトとの国境の町だ。……フォッグマン首相は、サバト政府の外交官と交渉していたのさ」

ローヴェ氏の言葉を、私は理解できなかった。

首相は、不倫相手と逢引《あいびき》していたはずだ。

私が知りたかった情報は、そんなものではない。

「ここは、『裏の話』をする連中のための店だ。店員は俺一人、開店してから二十年間、情報を漏らしたことがない。だから皆信用して、利用してくれる」

「……会談？　オースティンが、サバト政府と？」

「フォッグマン首相は、サバト政府と相互不可侵の密約を結んだのさ。再び戦争を始めるために」

突如聞かされた、国家機密。

一介の雑誌記者が知ってしまうには、重すぎる情報。

「……嘘《うそ》でしょう。そんなはずない」

「信じないなら、ご自由に。だけど俺は、この耳で確かに聞いたよ」

「前の世界大戦で、何人が死んだと思っている？　戦争は地獄しか生まないと学んだだろ？」

だが、私にはその話が、どうしても信じられなかった。

もう二度と、国家間戦争なんて起こしちゃいけない。そんな簡単な事を、一国の首相が理解していないはずがない。

「オースティンに、戦争の時代がまたやってくるんだ」

「嘘だ。人間がそんな愚かなはずがあるか。あの過ちを、もう一度繰り返すような馬鹿がいるはずがない」

「戻ってくる。もうすぐ、戦争の時代が戻ってくる！」

ローヴェは恍惚《こうこつ》の表情で、頰を上気させ笑っていた。

彼は、再び戦争が起こる事に狂喜しているのだ。

「世界が戦争に囚われたらきっと、俺は二人に会えるんだ……」

それは、彼にとって。

幼馴染が生きていて、戦争していた日々こそが、全てだったから。

「……気分が悪い。私はもう、帰らせてもらう」

「おや、泊まって行かないのかい」

「アンタの傍《そば》にいたくない」

吐き気が込み上げて来て、たまらず私は店を出た。

彼の店で食った料理が、まるごと毒物のように体内を巡っていた。

「……嘘だ」

くらくらと眩暈《めまい》が世界を揺らし。大通りの喧騒《けんそう》が、頭痛を増幅させる。

やがて立っていられなくなった私は、路《みち》の片隅に座り込んだ。

「起こるわけがない」

ローヴェは、きっと記憶が混乱しているのだ。

久々に幼馴染の写真を見て、興奮して妙《みょう》な事を口走っただけ。

人類はそこまで愚かではない。

あんな、悲惨《ひさん》で愚劣《ぐれつ》な大量の犠牲者が出た世界大戦を経験したのに、戦争を繰り返すはずがない。

「そうだろう、首相。貴方はそこまで馬鹿じゃないよな」

……世界大戦が繰り返される。

二度目の世界大戦が起こる。

そんな可能性を突き付けられた私は、パッシェンの路傍《ろぼう》で我慢できずに嘔吐《おうと》した。

私はその日の晩に、列車を乗り継いでウィンの本社へ戻った。

街に着いた時には終業時刻は過ぎていて、会社は真っ暗になっていた。

明かりが消えたビルを一瞥《いちべつ》した後、私は夕食もとらずに下宿に帰った。

私のねぐらは、会社の隣に建てられたこじんまりとした社員寮だ。

パッシェンで聞き取った内容を資料にして、その日は床に就いた。

「……はあ」

次の日、出社する私の足取りは重かった。

結局、昨日の取材は失敗といえた。

一日取材を延長したのに、記事にならないような情報しか手に入っていないからだ。

もし首相がサバト政府と外交交渉を行っていたのが事実であれば、記事にするわけにはいかない。

国家機密の漏洩《ろうえい》だし、出版する前に差し止められて逮捕されるだろう。

何ならこの情報を知ってしまったことで、暗殺されても不思議ではない。

泣きたくなるほどに、私の取材は失敗だった。

こんな危ない情報を摑《つか》んだのも彼のせいだ。

この報告書を突き付けて、上司も巻き込んでやろう。

私はそんなつもりで、詳細に報告書を作り上げた。

「おはようございます。セドル・ウェーバー出社しました」

「遅い！　昨日帰ってくる手はずだっただろうが！」

翌朝、出社した私に飛び込んできたのは罵声だった。

自己判断で取材を長引かせた私に、上司はお冠《かんむり》の様子だった。

「お前は本当に使えないなセドル！　期日を守ることもできんのか！」

「すみません」

「今日もすぐ動いて貰《もら》う、昨日の報告書は机に置いとけ！」

上司は私の用意した報告書に興味も示さず、苛立《いらだ》たし気にタイプライターのキーボードを打ち込んでいた。

かなり機嫌が悪そうだ。国家機密を掴んできた事を知ったら、どんな顔になるだろうか。

「情報は仕入れてきたんだろうな」

「ちゃんと特ダネは仕入れてきましたよ。特ダネを、ね」

「じゃあ確認させてもらう。それより今は、こっちだ」

上司は乱暴な態度で、私に数枚の記事と地図を突きつけた。

どうやら、次の取材先のようだ。

「……これ、パッシェンの地図ですか？」

「お前がパッシェンから帰った直後に、面白い事件が起きたんだよ。勝手に居座ったからその調査も頼もうと電報を打ったのに、帰ってるとは何事だ」

「はあ」

「全く使えん男だ。お前に記者としての嗅覚《きゅうかく》がないのか」

上司は顔を真っ赤《まか》にして怒っていた。

そんな事を言われても、事件の予知なんてできるはずがないだろう。

理不尽なお小言にに辟易《へきえき》としながら、私はその事件の詳細を読んだ。

「飲食店の店主が昨晩、頭を撃ちぬかれて死んだ。店の金は盗まれておらず、怨恨《えんこん》のセンが強いらしい」

「……はぁ」

「それで、犯人の目撃情報が出ていてな。事件当日、銃声が鳴った直後に店から出た客がいたんだ」

上司は口早に、事件の内容をまくしたてた。

普通の殺人事件であれば、わざわざウチが追うこともない。

ウチが取材するからには、大衆受けしそうなゴシップ要素があるのだ。

「面白いのが、犯人は銃を持った小柄な女性らしいんだ。人形のように可愛《かわい》らしく無表情な、年端のいかぬ少女であったと」

「銃を持った小柄な女、ですか?」

「ああ。その少女は何者なんだ、って街で話題になっている」

なるほど、それは確かに興味深い。

年端のいかぬ少女が店の金に手も付けず、店主の命だけを奪い立ち去った殺人事件。

いろいろと想像を掻《か》き立てられる。

「お前、昨日までパッシェンにいたんだろう。そんな女は見なかったか」

「いえ、あいにく見てませんね」

私はできれば、パッシェンに戻りたくなかった。

あの気色の悪い店に、近づきたくなかった。

だが、仕事であれば仕方がない。

私は覚悟を決めて、その記事を手に取った。

「本当に、使えないヤツだ。今度こそ、しっかり期日までに成果を上げろよ」

「はい。……えっ」

そして渡された被害者の写真を見て、私は絶句した。

「殺された飲食店店主は三十九歳の男性、名はローヴェ・クリスター」

そこに映っていた、赤髪で神経質そうな男。

「何でも、もとオースティン軍兵士らしい。おそらく、怨恨だろうな」

それは戦争に狂い、国家機密を知り、情報を私に漏らした男であった。

あとがき

読者の皆様、ご無沙汰《ぶさた》しております。まさきたまです。

この度は拙作『TS衛生兵《えいせいへい》さんの戦場日記《せんじょうにっき》Ⅲ』をお買い上げいただきましてありがとうございます。

拙作《せっさく》に3巻目までお付き合いいただき、本当にうれしく思います。

皆様のたくさんのご声援のお陰で、こうして無事に3巻を出す事が出来ました。

夢の中を歩き続けているような、そんな心地で執筆しております。

最初に、読者の皆様に報告とお礼を申しあげます。

キミラノ様が主催する「次《つぎ》にくるライトノベル大賞《たいしょう》２０２３」の単行本部門にて、拙作『TS衛生兵さんの戦場日記』を大賞に選んでいただきました。

私としてもまさかという気持ちで、こんなにたくさんの読者様に応援されているのかと胸が熱くなりました。

ご投票いただいた読者様に、この場で大きく感謝を申し上げます。ありがとうございます。

これからもご期待を裏切らないよう、精魂を込めてトウリの物語を描いて行きたいと考えています。

さて、3巻の内容に関しても触れておきますと。

実は本巻は、TS衛生兵さんシリーズの全編を通して最も「平和」な巻になります。

この巻からどんどん戦争の悲惨さが加速していく事になりますので、トウリとロドリーのデートなど「束《つか》の間《ま》の日常」を描写したいと考えて執筆していました。

また、色々な重要キャラや伏線がちりばめられている、本作のカギとなる巻でもあります。

トウリのささやかな楽しみと苦悩を、少しでもお楽しみいただけたなら幸いです。

そして最後になりますが、いつも美麗《びれい》なイラストを提供してくださるクレタ様、迫力満点のコミカライズ版を作画していただいております耳式《みみしき》様、相談に乗ってくださる編集様、小説沼に引き込んでいただいた師匠、FA《ファンアート》を送ってくださった絵師様、そして応援してくださった全ての読者様に改めて謝辞を送らせていただきます。

今後もWEB版、書籍版、コミカライズ版の「TS衛生兵さん」をお楽しみいただけたなら幸いです。

以上、まさきたまでした。

3巻お買い上げ
誠にありがとうございます!!

TS《ティーエス》衛《えい》生《せい》兵《へい》さんの戦《せん》場《じょう》日《にっ》記《き》Ⅲ

2024年5月30日　初版発行
2024年9月20日　再版発行

著　者　まさきたま
イラスト　クレタ
発行者　山下直久
発　行　株式会社KADOKAWA
〒102-8177 東京都千代田区富士見2-13-3
電話 0570-002-301（ナビダイヤル）

編集企画　ファミ通文庫編集部
デザイン　横山券露央（ビーワークス）
写植・製版　株式会社オノ・エーワン
印　刷　TOPPANクロレ株式会社
製　本　TOPPANクロレ株式会社

 ISBN978-4-04-737983-1 C0093　定価はカバーに表示してあります。